조약돌이
꽃이 되기까지

조약돌이 꽃이 되기까지

초판 1쇄 인쇄일 2021년 8월 20일
초판 1쇄 발행일 2021년 8월 27일

지은이 정희수
펴낸이 양옥매
디자인 임흥순 송다희

펴낸곳 도서출판 책과나무
출판등록 제2012-000376
주소 서울특별시 마포구 방울내로 79 이노빌딩 302호
대표전화 02.372.1537 **팩스** 02.372.1538
이메일 booknamu2007@naver.com
홈페이지 www.booknamu.com
ISBN 979-11-6752-020-3 (03800)

조약돌이
꽃이 되기까지

모든 것이 소멸하는 순간까지
손에 꽉 쥐어야 할 그 무엇이 있을까

정희수 에세이

책과나무

프롤로그

첫 번째 책을 낼 땐 긴장을 많이 했습니다. 다만 책을 출판하는 것이 저의 버킷리스트에 있었기에 더 늦기 전에 하자며 저질렀습니다. 책을 냈다고 하자 많은 이들이 놀랐고, 격려도 많이 받았습니다. 졸저에 대한 후한 평가도 있었지만, 무지해서 용감했던 제 도전 자체에 대한 덕담이라 받아들였습니다. 첫 번째 책,『예순, 이제 겨우 청춘이다』는 그렇게 세상에 나왔습니다. 첫 책에 그간 묵혀 두었던 모든 것을 쏟아부어서 다음 책을 낼 것이라곤 생각지도 못했습니다.

하지만 한 권이 두 권 되고, 두 권이 세 권이 되더군요.『우리 꽃길만 걷자』『나는 숨 쉴 때마다 행복하다』 제목에서 짐작할 수 있듯 모두 세상살이에 대한 애정과 사람에 대한 연민으로 묶었습니다. 어찌 황혼이 청춘일 수 있으며 꽃길만 걸으며 늘 행복할 수 있겠냐마는, 삶이 고단하고 세상사 모르겠다 싶을 때 반추할 수 있는 묘미를 담고 싶었습니다.

원래는 한참 시간을 두고 네 번째 책을 내려 했습니다. 고희(古稀) 정도가 적당하다 싶었지만, 자금 압박으로 회사 경영이 어려워질수록 마음도 흐려지는 것을 느꼈습니다. 책이 눈에 안 들어오고 집중력도 떨어져 노트 한 쪽을 쓰질 못하는 시간이 흘렀습니다. 역설적이지만 그래서 출판을 결심했습니다. 빈털터리가 되었을 때 100원, 1,000원이 가볍게 보이지 않듯, 마음이 비었을 때 생각 한 줄을 붙잡고 문장을 이어 갔습니다.

단상을 다듬어 활자화된 책으로 내는 건 두려운 일입니다. 일기가 아닌 출판된 책은 퇴고하거나 대목을 삭제할 수 없기 때문이죠. 그런데 이런 책임감은 삶에 또 다른 긴장과 활력을 선사했습니다. 예전엔 삶에서 차올라 무언가 쓰지 않곤 배겨 내지 못할 때 넘치듯 글을 썼다면, 이번 책은 생각을 다듬어 그 생각으로 다시 생활을 점검하고 정돈했습니다. 책이 마음의 양식이라지만, 몸의 양식도 될 수 있다는 걸 느낀 시간이었습니다.

언젠가 개여울에 앉아 젖은 조약돌을 꺼내 말렸습니다. 조약돌의 물기는 말라 가며 점차 어떤 이들의 얼굴을 보여 주었습니다. 그리고 주먹에 꼭 쥐어지는 조약돌에서 온기를 느꼈습니다. 그리움은 조약돌에 담겨 빛나는 벗의 얼굴을 보여 줍니다. 이렇게 조약돌을 보며 그리면 결국 조약돌이 꽃이 되겠구나 생각했습니다.

이 책의 효능이 무엇일까를 생각합니다. 생활에 좋은 에너지를 줄 수 있을까요? 올해 많이 지쳐 있을 분에겐 약간의 넉넉함과 공감을 주고자 했습니다. 저의 기록이 동시대를 함께했던 독자의 가슴에 작은 반딧불이라도 피워 올렸으면 좋겠습니다. 어릴 적 어머니 무릎을 베고 누웠던 오수의 단잠 같았으면 합니다.

- 한여름 난실에서

정희수

1 달이 훤한 밤에

2 모든 것이 소멸하는 순간까지

3 행복의 통로

PART 1

달이 훤한 밤에

달이 훤한 밤에 난실로 나가 난에 물을 준다.

이번 가을 달밤엔 아내와 마주 앉아

배추전에 막걸리를 기울이고 싶다.

이것도 행복이다.

가끔은 눈물만 흘리자

작정하고 관객을 울리기로 한 영화를 본다. 연신 팝콘을 터뜨리던 여성은 감독이 의도한 지점에서 울음을 참다못해 오열하고 남성은 눈물을 참기 위해 안간힘을 쓴다. 고개를 돌려 다른 곳을 보거나 여성이 우는 틈을 타 잽싸게 눈물을 거둬 낸다. 남자의 눈물은 흉이 아니다. 하지만 우리 시대 남자들에게 눈물은 남몰래 흘리는 것이다.

나는 집에서 〈인간극장〉과 같은 다큐를 보다가도 깊숙한 곳에서 치미는 울음을 감당하지 못해 울 때가 있다. 나이 먹으면 눈물샘이 더 커지는 것인지, 눈물을 아껴 적립한 탓인지 주책맞게도 하염없이 쏟아진다. 출근길 차 안에서 라디오 사연을 듣고 울기도 하고 감동적인 다큐 프로그램을 보다가도 눈물을 흘린다.

서울의 한 대학가 식당에서 어려운 이들을 위해 음식을 무료로 제공하고 있다는 사실이 알려지자, 학생과 주민들이 일부러 이 가게를 찾아 음식을 먹고 있다는 소식을 들었다. 평생을 버는 만큼 이웃을 위해 돈을 내놓았던 독지가도 세상엔 많다. 그리고 작은 선행을 체질처럼 하며 사는 사람도. 세상은 아직 이런 이들 때문에 지탱되는 것 아닌가. 독거노인을 위해 폐지를 모아 주고, 목욕 봉사를 하고 노숙인을 위해 급식 봉사를 하는 이들 말이다.

내가 늘 지나가는 거제의 중앙병원 후문 골목엔 붕어빵을 파는 아주머니가 있다. 한번은 그분이 따끈한 붕어빵을 봉지에 수북이 담아 폐지 줍는 할아버지에게 그냥 건네는 것을 보았다. 작은 배려지만, 그날 이후 난 그곳을 지날 때마다 그 아주머니를 유심히 본다. 그런 사람이 있다. 보기만 해도 기분이 좋아지고, 작은 미소 뒤에 또 어떤 삶의 미덕이 숨어 있겠거니 싶은 사람. 다음엔 걸어서 들러 붕어빵을 받아 들고 넌지시 이야기를 건넬 생각이다.

라디오에서 흘러나오는 절절한 사연도 나를 울린다. 아무런 희망도 없었던 시련의 시절, 자신을 이끌어 준 은사님이나 친구를 찾는 내용의 편지글을 듣다 보면 어느새 나도 그 사연에 푹 빠져 눈물을 흘리고 있다.

얼마 전에 결혼식에 참석했다. 무슨 일인지 신부는 입장할 때부터 울고 혼주석에 앉아 있는 여성도 연신 손수건으로 눈물을 훔치고 있었다. 아마 신부의 친모가 죽고 이모가 대신 그 자리에 앉은 것이 슬펐나 보다. 신부 측 하객 중에도 우는 사람이 있었다. 신부 아버지는 얼굴이 벌겋게 되어 사진을 찍을 수도 없었고 신부는 흐르는 눈물을 수건을 꺼내 닦지도 못하는 난처한 지경까지 이르렀다. 이 좋은 날 딸의 모습을 보지 못하고 떠나버린 어머니에 대한 그리움이 식장을 가득 메운 듯 보였다. 그 눈물은 그리움과 서러움 그리고 고마움, 그 모든 것이 섞여 나오는 것 아니었을까. 눈물은 때로 추모이기도 하고, 감격에 대한 공감을 불러일으키기도 한다.

하지만 남자의 눈물은 아직도 쉽지 않다. 심지어 사내가 울면 어른들은 이렇게 어르곤 했다.

"남자는 일생에 단 세 번만 운다. 태어났을 때, 부모님이 돌아가셨을 때, 그리고 나라를 잃었을 때. 이렇게 딱 세 번이다."

남자다움의 상징은 인내심과 강인함이었다. 남자가 말이 많으면 잔망스럽다고 했고, 눈물이 많으면 경박하다고 했다. 이런 유교적 관점은 아직도 남아 어른들은 좋은 신랑감을 이렇게 말한다.

"그 친구, 참 점잖고 듬직해 보여."

어린아이들은 남자나 여자나 똑같이 운다. 다만 청소년기부터 여성의 경우 스트레스 자극으로부터 자신을 보호하기 위한 호르몬 분비가 남성보다 많다고 한다. 성인이 되면 여성은 남성보다 무려 4배나 많이 운다는 통계도 있다. 통상 여성이 타인의 고통에 쉽게 연민하는 공감력을 발전시키는 데 반해, 남성은 이를 드러내지 않도록 훈육받고 목적 지향성을 키운다. 웬만한 정신력으론 감당하기 힘든 출산과 영아기의 육아를 여성이 전담해 왔던 오랜 진화의 산물일지도 모른다. 여성들은 출산 후 급격한 호르몬의 증가로 별것도 아닌 일에 눈물 흘린다. 하지만 갱년기가 지나면 남성의 눈물이 시작된다. 갱년기를 넘긴 남성역시 여성호르몬의 상대적 과잉으로 눈물을 흘린다고 한다.

의학적으로 눈물은 스트레스를 줄여 주고, 우울증을 유발하는 나쁜 호르몬이 넘치지 않게 만드는 수도꼭지 역할을 한다고 한다. 웬만한 감정적인 눈물은 몸에 다 좋다는 뜻이다. 눈물을 흘리면 격랑 치던 감정도 가라앉고 좀 더 맑은 시선으로 자신과 타인을 볼 수 있다. 남자는 일생에 세 번 우는 것이 아니다. 그렇게만 울면 마음병이 생기거나 냉혈한으로 변할 수 있다.

고대 그리스 시대만 해도 남성의 눈물이 천대받진 않았던 것 같다. 우리가 극적인 감동을 맛보았다고 표현하는 카타르시스 (katharsis)는 원래 그리스의 생리학 용어였던 배설(purgatjon)에서 유래했다고 한다. 몸의 나쁜 것을 씻어 낸다는 의미다. 이후 희극의 비극적 장면에서 울음을 터뜨리고 연민을 쏟아 내는 군중의 눈물을 지켜보았던 아리스토텔레스는 이를 감정의 정화, 영혼의 씻김으로 규정했다. 카타르시스의 출현이다. 카타르시스의 표현이 눈물과 콧물 같은 것이었고, 고대 그리스인들은 눈물을 배설의 일종으로 보았다. 아리스토텔레스는 그 배설을 예술적 관념으로 승화했을 뿐이다.

가끔은 울고 싶을 때 펑펑 울고, 넘치는 감격을 그대로 표현하는 것도 좋다. 자신에 대한 연민을 넘어 타인에 대한 공감과 특별한 것에 대한 감동이라면 더 좋은 눈물이다. 성당에서 홀로 흘리는 참회의 눈물 또한 삶을 새롭게 만든다. 눈물이 세상을 바꿀 수 있다고 말하면 혹자는 코웃음을 칠지 모르지만 나는 눈물이 주는 정화와 사회적 공감이 세상을 바꿀 수 있다고 믿는 편이다. 슬픔과 상처, 기쁨과 환희에 사람의 심장이 예민하게 반응하고 있다는 것이 희망의 근거다.

횡성의 풍수원 성당

성당 뒤편의 산에는 홀로 생각하고 기도할 수 있는 움막이 있다.

묵상의 집

풍수원 성당 먼 뜰에 홀로 있는 작은 기도처

여름 초입에서

"아부지야 가자, 아부지야 가자!"

뒷집 아이가 아빠를 보채며 "아부지"라 한다. 조선 경기가 살아나면서 일자리를 구해 이곳으로 온 듯하다. 아이는 대략 다섯 살 정도 되었을까. 새벽 미사를 마치고 앉은 난실에 들려오는 목소리라 더욱 정겹다. 고단하게 잠든 아버지를 깨우던 아이는 아버지가 "다음에 가자"며 타이르고 한참이 지나서야 조용해졌다. 아이 키울 땐 몰랐지만 모두 출가시키고 아내와 단출히 살다 보니 바로 저런 게 행복의 소리 아닌가.

우리 어렸을 때 고향에서 사용했던 말이라 정겹다. 경상도에 선 어머니를 "어무이", 형을 "히야"라 하고, 누나를 "누부야"라고 불렀다. 유년의 언어들은 당연히 지방색을 띠지만, 이런 말에는 특별한 온기가 있어 과거를 소환하기 마련이다. 요즘 아이들과 달리 우리가 자랄 땐 형제간에도 위계가 확실했던 것 같다. 형은 아우를 지켜 주었고, 아우는 형을 따라다녔다.

때로 형이 지나치게 장난치거나 약 올려 동생을 울리긴 했지만, 요즘 아이들처럼 막무가내로 싸우진 않았던 것 같다. 요즘 같이 스마트폰이나 PC게임이 있던 시절이 아니어서 형제자매는 지루함을 달래 주는 귀한 존재였다. 또 형제자매가 많아 부모님이 아이들의 행동 하나하나에 개입하지 않으려 했고 장남이나 장녀가 어머니 역할을 했다. 막내를 업으며 키웠다는 장녀들의 추억이 많다. 어머니도 형제간의 서열을 지켜 주었다.

어렸을 때 나보다 10살 많았던 작은아버지와 함께 집 앞마당에 샘을 판 적이 있다. 7m 정도 파 내려가니 단단한 암반층이 나왔다. 곡괭이로 아무리 찍어도 깨지지 않으면 작은아버지는 어디서 구해 왔는지, 암반에 구멍을 뚫고 다이너마이트를 박았다. 심지에 불을 붙인 후 잽싸게 밧줄을 타고 구덩이를 올라오는 것이 내 임무였다. 내가 올라오면 어른들이 황급히 구멍에 멍석을 깔아 폭발로 인한 돌덩이 파편을 막았다. 지축을 울리는 폭음이 울리고 다시 구멍으로 들어가면 조각난 돌무덤 위에 화약 냄새가 진동했다.

위험천만한 일이었다. 자칫 발을 헛디디거나 넘어지면 올라오지 못할 수도 있었다. 하지만 나는 기분이 무척 들떴는데, 비로소 내가 어른의 일을 어른답게 하고 있다는 느낌이 들었기 때문이다. 하지만 한참을 더 파 들어가도 물이 터지지 않았다. 여태 파 올렸던 흙과 돌덩이로 구덩이를 다시 채워야만 했다. 옛날엔 이런 일이 흔했다. 강에서도 다이너마이트를 터뜨리거나 배터리 전류를 흘려 은어를 잡았다. 다이너마이트 구하는 것도 그리 어렵지 않았던 것 같다.

예부터 경북 영덕, 봉화와 영주, 밀양에서 나는 은어가 유명했다. 다이너마이트를 사용하기 시작한 것은 일제강점기부터였다. 일본인들이 워낙 은어를 즐겼고, 최상품의 조선 은어 맛을 본 그들은 철이 되면 다이너마이트나 배터리로 모조리 잡아들였다고 한다. 은어는 그냥 베어 물어도 될 정도로 좋은 향이 나는 물고기다. 구이로도 먹고 내장을 묵혀서 장을 담기기도 했다.

모처럼 기분 좋은 아침을 맞았다. 해마다 6월이면 새소리가 유난하다. 산란철엔 짝짓기로 요란하고, 지금은 둥지의 새끼를 지키기 위해 영역 싸움을 한다. 뻐꾸기가 울고 어치의 활공이 어지럽다. 얼마 전 배추 모종 20포기를 사다 심었는데 아직 시들하다. 안타까운 마음에 매일 물을 주고 있지만 내 밭 주변엔 온통 싱싱한 푸른빛 배추밭이라 더 비교된다.

바빠서 물을 못 준 날엔 달이 훤한 밤에 난실로 나가 난에 물을 준다. 이번 가을 달밤엔 아내와 마주 앉아 배추전에 막걸리를 기울이고 싶다. 이것도 행복이다.

가을 밤
가을 달 아랫집에선 왠지
행복이 익어 갈 것 같다.

오메, 단풍 들겠네

산골에서 자랐기에 울창한 숲과 꽃, 개천과 푸른 들판을 보면 가슴이 뛰곤 했다. 그런데 이 자연에 대한 사랑과 경탄은 나이 먹으면서 더욱 강력해지는 것 같다. 깊은 숲에 홀로 들어가 바위에 앉아 맑은 계곡을 보면 숨을 들이마실 때마다 행복감이 온몸을 채우는 듯하다.

산을 조금 내려오면 계곡물은 작은 개천을 이루고 물고기들도 제법 굵어진다. 어미 오리를 따르며 수영을 배우고 자맥질을 연습하는 새끼 오리들의 모습에 온통 정신을 팔리기도 한다. 엉성한 날갯짓으로 물을 박차며 달려가는 모습은 귀엽기만 하다. 6마리가 넘는 오리 새끼들이 모두 잘 자라는 것은 아니다. 삵이나 족제비, 들고양이에겐 좋은 먹잇감이기 때문이다.

갈대밭에서 품었던 알이 부화하면 어미는 천적을 경계하며 새끼들에게 생존법을 가르친다. 약간의 기척이라도 들리면 몸을 낮추고 조용히 있는 법. 깊은 수풀 속에서 풀을 건드리지 않고 걷는 법. 물에선 어미의 보호 반경을 벗어나지 않아야 한다는 것을 배운다. 그리고 포식자가 덮칠 경우 순간 물속으로 자맥질해 멀리 떨어진 수면 위로 나오는 방법 등을 배운다. 그런데도 새끼 중 절반 정도는 냇가에서 털만 남긴 채 사라지곤 한다. 안타깝지만 자연의 먹이사슬이 순환하고 있다는 현상이기도 하다.

산세를 훼손하지 않으면서 사람의 힘으로 조성한 천혜의 경관도 있다. 경남 하동의 삼성궁이다. 청학동 계곡에서 얼마 떨어지지 않은 이곳에선 환인, 환웅, 단군을 모시며 전통무예와 사상을 수행한다. 37년간 사람의 손으로 쌓은 석탑과 천여 개의 솟대를 보면 입이 쩍 벌어진다. 특별한 경관은 이곳을 올라가서 만나는 에메랄드빛 호수다. 먹이를 주면 팔뚝만 한 잉어들이 세차게 튀어 오르며 아가리를 벌리는 모습을 볼 수 있다.

어렸을 때 '아름다운 자연'은 저절로 주어지는 것이었고 동네 밖에 나가면 늘 있었던 것이라 큰 감흥을 못 느꼈던 것 같다. 하지만 그늘 한 점 없는 아스팔트 도시를 겪으며 자연이 본연의 녹음으로 회복하고 있음에 감사하곤 한다.

작년 2019년의 만추(晩秋)는 나에게 황홀한 기억으로 남았다. 주말 세종시에서 열린 절친의 외동아들 결혼식을 가는 길이었다. 고속도로는 진주, 산청, 함양 그리고 무주로 이어졌다. 아내와 나는 교대로 운전을 하며 단풍을 만끽했는데, 나도 모르게 '아!' 감탄사를 연발하며 바람처럼 스쳐 가는 장면을 휴대폰으로 잡기에 여념이 없었다. 온 산이 단풍으로 불타오르고 있었다.

가을 밤

까치 주려 했나 보다.

논두렁에 자란 홍시가
낳이 남았다.

여러 색으로 불타는 단풍 중에서 옻나무는 단연 눈에 띄었다. 붉다 못해 자주색과 검은색으로 보이기도 했다.

편백과 단풍나무는 서로를 배경으로 서 있기도 했다. 아쉽게도 달리는 차 안에서 찍은 풍광이라 사진은 죄다 초점이 맞질 않았다. 돌아오는 길은 다른 쪽으로 내려왔는데 이 역시 황홀경이었다. 도로 양쪽에 늘어선 단풍산은 서로 경쟁이라도 하듯 빛깔을 변주하고 있었다. 조락(凋落)의 계절, 나무들은 잎을 떨구며 살을 단단히 여미어 긴 겨울을 준비하고 있었다. 정말이지 오랜만에 가을로 온몸을 적시고 돌아왔다. 20년은 젊어진 기분이었다.

옛날 늦가을이면 논밭이 이어진 평야엔 철새 천지였다. 철새 무리엔 꿩도 제법 있어 걷다 보면 푸드덕하고 두어 마리가 날아가곤 했다. 먹이 활동이 바쁜 계절이라 토끼는 물론 고라니도 쉽게 보곤 했다. 빛나는 시절은 늘 짧다. 여름·겨울보다 봄가을이 짧고, 미세먼지도 없이 찬란하게 빛나는 가을볕은 찰나와 같다. 이른 가을엔 먼 여행을 준비하며 처마 밑이나 전깃줄 위에서 제 몸을 단장하고 봄에 돌아와 지붕 위를 배회하는 제비를 보면 오랫동안 고대하던 연인을 만난 듯 심장이 뛰었다.

가을이야말로 찬란한 슬픔의 계절이다. 눈부시게 아름답지

만 서글픔이 담겨 있고 청명한 하늘도 고독과 함께한다. 그렇게
바람에 낙엽이 뒹굴기 시작하면 세상은 온통 적요함만이 남는
것이다. 어떤 시인은 이렇게 노래했다.

"낙엽이라 하지 말라. 열꽃이다."

또 어떤 판화가는 가을 아침 빗자루에 쓸려 가는 낙엽을 보며
적었다.

"저것들이 아스팔트가 아니라 흙 위에 떨어졌다면 감히 치우
지 못했을 것이다."

가을의 찬란함과 서정을 표현한 시는 김영랑의 것이 압권이
다. 시인은 가을에 누이의 마음을 담았다.

"오. 메 단풍 들것네"

장광에 골 붉은 감닢 날러오아

누이는 놀란 듯이 치어다보며

"오. 메 단풍 들것네"

추석이 내일모레 기둘리니

바람이 자지어서 걱정이리

누이의 마음아 나를 보아라

"오, 메 단풍 들것네"

장독대에 떨어진 감잎을 보고 놀란 누이를 담장 너머 오빠가
보고 있다. 김영랑은 바쁜 집안일로 가을을 만끽하지 못하고 추
석 걱정이 앞서는 누이의 마음을 염려한다.

가을은 이런 계절이다.

가을 어느 절집을 물들인 가을볕이다.

낭만, 나만의 그곳

거제 학동 몽돌해수욕장은 검은 진줏빛 몽돌로 유명하다. 해수욕장으로 들어가는 지방도로 양쪽엔 동백나무 군락이 울창하고, 이곳엔 팔색조가 서식한다. 해마다 조류연구가들이 이곳에 들어와 며칠을 관찰하다 가곤 한다.

아들이 어렸을 땐 이곳에 자주 놀러 다녔다. 검은 몽돌이 어찌나 아름다운지 처음 오는 이들은 이곳 경관을 보는 순간 멍하게 있기도 한다. 몽돌해변을 너머에 5월의 옥색 바다가 펼쳐지거나 석양에 몽돌이 찬란하게 빛나면 이곳저곳에서 셔터 누르는 소리로 요란하다. 돌이 탐난 나머지 주머니에 넣어 가져가는 이들도 있는데 절대 그러면 안 된다. 한려해상국립공원 안에서는 풀 한 포기, 돌덩이 하나 훼손해선 안 된다. 이곳은 돌도 꽃이 되는 곳이다.

지금은 케이블카 작업이 한창인데 2021년 말경에는 완공이 된다고 한다. 통영과 여수의 케이블카가 관광객 유치에 도움이 되고 지자체 재정에도 쏠쏠한 도움이 되니 거제시도 고민한 것이다. 노자산 정상까지 올라가는 이 케이블카를 타면 몽돌해수욕장은 물론, 외도, 통영의 미륵산, 비진도, 용초도, 한산도가 발아래로 펼쳐질 것이다. 맑은 날엔 일본의 대마도도 보인다.

노자산은 산림이 울창해 고라니와 산돼지와 같은 야생동물이 많다. 봄이 되면 더덕 향으로 가득하고 백작약꽃과 참나물이 군락을 이루고 있다. 팔색조와 긴꼬리딱새와 같은 보호종들이 많아 환경단체에선 산을 그대로 둘 것을 요구하고 있다. 한번은 난을 보기 위해 노자산에 올랐는데 독사가 나무 위에서 똬리를 틀고 나를 노려봐 황급히 하산했다. 독사나 살모사에게 목을 물리면 치명적이기 때문에 산에 오를 땐 목은 두꺼운 수건으로 감싸야 한다.

몽돌해변에서 가까운 곳에 여차마을이 있다. 이곳은 낚시꾼에겐 꿈같은 장소다. 감성돔과 숭어 학꽁치들이 몰려드는 곳이다. 여차마을 방파제 앞의 테트라포드가 거센 파도를 돌려 물고기들이 좋아한다고 한다. 수십 년 전 마을 뒤편의 산에 오르면

거제 앵산
작년 초겨울, 거제도 앵산으로 보는 하늘이 너무나 맑다.

새우란이 많이 자생하고 있었다. 국립공원으로 지정되기 전엔 이곳에서 새우란도 많이 채취했다.

　이 마을 앞 비포장도로를 지나면 홍포라는 마을이 나온다. 여차에서 홍포로 이어지는 해안절벽의 비경이 압권이다. 홍포 앞바다는 확 트인 바다를 배경으로 망산이 둘러친 곳이다. 망산은 산세가 험하지 않고 아담해 가족 나들이로두 적합한 산이다. 가족 산으로 불릴 정도다. 봄엔 소사나무의 새순이 상춘객을 맞이하는데, 파란 새순이 너무나 아름답다. 망산 정상에선 장사도와 올망졸망한 작은 섬들을 감상할 수 있다.

섬 전체가 환상적인 수목원으로 조성된 외도 보타니아도 빼놓을 수 없다. 외지 사람들은 이곳에 오면 이곳이 한국이 아니라 유럽의 아름다운 항구도시인 것 같다고 말하곤 한다. 풍광도 빼어나지만 아름다운 새들이 지저귀는 소리에 넋을 놓을 정도다. 지금은 고인이 된 삼성 이병철 회장은 에버랜드와 호암미술관 등 아름다운 명소에 식견이 있었다. 그가 이 외도에 반해 여러 차례 구입을 시도했지만, 땅 주인이었던 서울의 포목점 주인은 좋은 값을 부르며 간청해도 꿈적도 하지 않았다고 한다. 결국 이병철 회장이 포기하고 다른 곳으로 눈을 돌렸다는 이야기가 있다.

외도가 인공적인 아름다움이라면 자연 그 자체의 원시림을 안고 있는 섬도 있다. 장승포에서 뱃길로 20분 거리에 있는 지심도(只心島)다. 섬의 모양이 마음 심(心)을 닮았다고 해서 붙여진 이름이다. 거제 사람들은 동백섬이라 부른다. 이름대로 섬 전체가 동백나무로 덮여 있는데, 동백이 어찌나 울창한지 섬을 오르는 길이 모두 동백 그늘 아래 있다. 한여름에도 시원한 원시림을 느낄 수 있는 곳이다. 한국의 유인도 중 훼손되지 않고 그 원형을 가장 잘 간직한 섬으로 유명하다.

거제도엔 10대 명산이 있는데 나는 이 중 노자산을 가장 아름 답다고 느낀다. 가끔 차를 산 중턱까지 몰고 가 나만의 장소에 서 망중한을 즐기곤 한다. 바위를 벗 삼아 사는 마삭은 봄이면 백로와 같은 꽃에서 그윽한 향이 피어난다. 가을이면 잎은 붉은 향연을 펼친다. 마을에서 들려오는 개 소리, 닭 소리, 사람 소리 까지 그렇게 정겨울 수가 없다. 나만이 알고 있는 비스듬한 평 지에 자라고 있는 자생란을 보고 있자면 그렇게 행복할 수가 없 다. 부엽토가 많아 땅도 보드랍다. 최근 다시 찾았지만 벌목으 로 인해 자생란은 멸종되어 가고 있었다.

거제는 정말 해외 어느 관광지와 비교해도 아름답다. 제주도 다음으로 큰 섬, 거제엔 생각보다 많은 것들이 숨겨져 있다. 거 제 해금강과 바람의 언덕, 신선대의 비경이 있다. 나른한 걸음 으로 섬세하게 살펴 걸을수록 숨겨진 비경을 발견할 수 있다. 물론 시와 관광업에 종사하는 이들은 더 많은 관광객을 유치하 기 위해 노력한다.

하지만 나는 거제의 아름다운 비경이 온전히 지켜졌으면 한 다. 나만 알고 있던 단골 맛집이 TV 프로그램에서 소개돼 엄청난 대기 줄이 생겨 더는 그 맛을 못 보게 된 경험을 한 적 있다. 이와 마찬가지로 아직은 덜 알려져 그 자연함과 아름다움이 고스란히 남은 나만의 장소가 온전하길 바라는 마음이다.

이탈리아는 그야말로 조상 덕에 먹고 사는 나라라 할 수 있는데, 로마 시대부터 르네상스를 견인했던 예술 작품과 도시를 보존했기에 지금도 관광 대국으로 유지될 수 있었다. 물론 사람이 많이 온다고 마냥 자원이 훼손되는 것은 아니다. 아름다운 땅을 지키고자 하는 지향이 일치한다면 많은 사람의 노력이 오히려 난개발을 막을 수도 있기 때문이다.

아름다운 거제도가 사람과 옛 모습이 공존하는 아름다운 '섬'으로 남았으면 하는 마음이다.

거제

2018년.

거제 망산 산행을 마치고 돌아와 식당에서 낙조가 아름다워 찍었다.

덕희 아버지

나 어릴 적 고향집 앞에 덕희 아버지가 살았다. 시골 마을에 어른이 많았지만 유독 그가 노을을 뒤로하고 걸어오던 모습만은 또렷하게 남았다. 그는 평소 말이 없었고 검게 탄 얼굴엔 늘 인자한 미소가 있었다. 키가 작았지만 나무를 하는 솜씨만큼은 마을에서 최고였다. 한국전쟁이 끝난 지 얼마 되지 않던 시기라 온통 민둥산 천지였고 산림감시원들의 단속이 매서웠던 시절이다. 그 시절을 살았던 이라면 공감하겠지만, 당시 밀주단속과 벌목단속원이 뜨면 온 동네가 긴장하곤 했다. 끼니마다 아궁이 땔감을 구하는 게 중요한 일이었다.

그런 시절에도 그는 늘 제 키를 훌쩍 넘는 땔감을 해오곤 했다. 마당에서 동무들과 제기차기나 딱지치기를 하다 보면 멀리

서 집채만 한 지게가 흔들리며 걸어오는 것을 볼 수 있었다. 어디서 그리 많은 낙엽과 나뭇가지를 얻었는지도 신기했지만, 지게에 차곡차곡 쌓아 올린 솜씨야말로 일품이었다. 어찌나 꼼꼼하게 올렸던지 걸음마다 지게가 흔들려도 낙엽 하나 떨어지지 않았다.

마른기침을 달고 다녔던 그는 신나게 놀고 있는 아이들을 보면서도 단 한 번도 잔소리하지 않았다. 그저 우릴 보며 씽긋 웃고 가곤 했다. 당시엔 밥을 짓든 목욕물을 데우던 유일한 땔감이 나뭇가지였다. 가장은 물론 온 식구가 산에 올라 잔가지를 구해 와야 했기에 노는 우리를 대하는 그의 태도에서 약간의 부끄러움과 존경심을 동시에 느꼈던 것 같다.

호주의 심리학자이자 교육학자인 스티브 비덜프(Steve Biddulph)는 현대에 들어 아이가 성인이 되면 더 이상 아버지를 존경하지 않고, 아버지와의 식사나 대화에서 고통을 느끼는 경우가 많다고 진단한다. 그는 과거 아이들은 아버지가 산과 들, 공장에서 일하는 것을 직접 보며 아버지를 총체적으로 이해했지만 산업화 이후엔 부모가 노동하는 모습을 볼 수 없게 되었고, 결국 아버지는 통장에 찍히는 월급 계좌와 같은 형상으로 기억된다고 지적한다.

어릴 적 아버지와 동네 어른이 일하는 모습을 보며 무엇인지 모를 경외심의 정체는 아마 그런 것일지도 모른다. 들판을 내달리며 뛰어놀다가도 지붕 굴뚝에서 나는 연기가 보이면 집 마당을 향해 달음질쳤고 부뚜막의 밥 냄새에 안도하곤 했다. 그 추억이 가능했던 것은 뙤약볕 들판에서 종일 허리 숙인 그분들이 있어서였다. 아마 우리 세대가 노동하는 아버지의 형상을 선명하게 각인한 마지막 세대가 되지 않을까.

피리 부는 사나이
정장군

정장군

어렸을 때 난 살집도 많고 튼튼해서 정장군이라 불렸다.

1974년에 그린 것 같다.

방 한가득했던 고구마

배고팠던 시절, 마을 어른들은 겨울이 오기 전 부지런히 고구
마랑 감자를 거둬들였다. 봄에 땅을 파고 들어간 고구마 줄기가
10월이면 덩치를 키워 고랑을 터뜨리기 시작한다. 나는 어렸지
만 밭고랑을 보고 고구마 수확 때를 알아채곤 했다. 밭고랑을
가르며 고구마 뿌리가 터져 나오면 수확 철이다. 이때부터 온
가족이 고구마를 캐서 말리고 저장하는 일에 매달렸다.

고구마를 캐서 옮기는 일이야말로 고역이었는데, 지게로 고
구마를 지고 집으로 갈 때면 어깨가 빠지는 줄 알았다. 실하게
자란 고구마가 원망스러울 정도였으니까. 고구마 지게를 두어
번 나르고 나면 다리가 풀리고 눈이 튀어나왔다. 어찌나 힘들었
던지 튀어나온 입에 주전자가 걸릴 정도로 오만상을 쓰며 걸었

다. 손수레 하나라도 있었으면 수월했을 텐데, 언덕에 올라 밭에서 고구마를 짊어지고 내려오는 길이 천 리 길이었다. 그래서 고구마를 캐는 날 아침, 나는 망연자실 징용 끌려가는 표정으로 마루에 널브러져 있곤 했다.

수확한 고구마는 며칠간은 통풍이 잘되는 곳에서 말려 겨울을 준비했고, 이후 고구마를 대나무 광주리에 옮겨 작은 방에 가득 널었다. 고구마를 캐는 과정에서 생채기가 생기면 아주 냄새가 고약했는데, 그 고구마를 골라 꺼내는 것도 일이었다. 썩은 고구마를 손에 쥐면 찐득한 덩어리가 손가락에 붙곤 했는데, 물로 씻어도 냄새만은 가시질 않았다.

그렇게 힘들었지만 겨울이 오고 마당에 눈이 쌓이면 고구마를 구워 먹는 것 외엔 다른 낙이 없었다. 고구마도 생육에 따라 물고구마와 밤고구마로 나뉜다. 물고구마는 수분이 많아 찐득거리며 먹기 좋았다. 물고구마를 입으로 베어 물면 조청을 머금은 것처럼 달아 한입 먹을 때마다 살이 찌는 기분이었다. 반대로 밤고구마는 타박타박하고 물기가 없어 껍질을 까 보면 하얀 전분이 단단히 뭉쳐 있다. 물 없이 잘못 먹으면 목이 막혀 죽을 것 같았다. 우린 우선 물고구마부터 구워 먹었고 이후 밤고구마 중에서도 조금 더 자라 맛난 것을 골라 먹었다. 바람 치는 겨울

밤 아랫목에 앉아 나박김치를 고구마에 살짝 얹어 먹거나 물김
치를 들이마시면 천상의 간식이었다.

하지만 초등학교를 졸업하고 나선 더는 고구마와 땅콩에 손
대지 않았다. 하도 먹어서 완전히 물렸다. 하지만 변해 버린 입
맛도 유년의 추억만은 어찌하질 못한다. 찬바람 부는 겨울밤이
면 어김없이 추억 속으로 한 걸음씩 들어간다. 웃풍이 심하게
들이치던 방 아랫목에 둘러앉아 먹었던 그 고구마의 향기가 머
릿속에 내내 감도는 것이다.

진실은 사소의 밑천이로다.

썰매 소년

중학교 졸업 무렵 그린 썰매 타는 소년.
크리스마스 카드였는지는 모르겠다.

걷고 또 걷고

대형마트나 유원지의 주차장에선 늘 출입구와 가까운 구간이 붐빈다. 최대한 적게 걷기 위해 그들은 때로 추돌의 위험을 무릅쓰며 경쟁하듯 차를 주차한다. 걸어 봐야 몇 10m도 안 되는 거리이지만 출입구와 가까운 곳이 좋은 자리라고 생각하는 듯하다. 건물 2~3층 정도면 계단을 통해 내려오는 것이 좋으련만 굳이 사람이 가득 찬 승강기를 기다린다. 재미있는 건 이런 습관을 지닌 사람이 굳이 시간을 내서 헬스장을 가서 땀 흘리고, 주말엔 산을 탄다. 돈을 써 가며 헬스를 하는데 무료인 그저 걷기는 귀찮아한다. 모순이다.

인류학자들은 지금 시기가 인류 역사에서 처음으로 굶주림으로 죽는 인구보다 많이 먹어 죽는 인구가 많아진 시대라고 한

봄꽃
배롱나무에 꽃이 달렸다.
봄이 달아올라
여름으로 가던 날이었다.

다. 진화의 관점에서 보면 인간의 DNA와 환경이 극단적인 부조화를 빚게 되었다는 것이다. 과거 선사시대 이전부터 인간은 늘 굶주렸기에 영양분을 저장하기 위해 지방을 축적했고, 에너지원인 당의 단맛을 잘 느끼도록 혀가 진화했다. 직립보행으로 창자는 짧아졌지만 화식(火食)을 통해 빨리 소화하며 더 많이 활동했던 관습은 하루 세끼, 간식과 야식을 받아들이며 간과 위장을 망가뜨리는 결과를 초래했다. 생존하기 위해 진화했던 이런 능력은 현대에 들어서 인류를 죽음으로 모는 성인병으로 나타난다.

고향 친구 정환이는 서울 문정동에 산다. 날을 잡아 함께 고향 길을 걷자 약속했는데 늘 시간에 쫓겨 미루기만 했다. 그러던 차에 중학교 동문 체육대회가 열렸다. 2019년 6월 1일이었다. 모교 운동장에서 친구들을 만나 함께 마시며 즐겁게 보냈다. 오후엔 친구와 함께 시골길을 무작정 걸었다. 인근 야산에서 뻐꾸기가 울고 푸른 벼는 바람에 흔들렸다. 밭에는 옥수수와 고추가 올라왔고 뽕나무 오디들은 길가에 늘어져 있었다. 우린 오디를 따서 마치 연인인 듯 서로의 입에 넣어 주며 걸었다.

걸으며 보는 논은 서정과 낭만의 풍광이지만 어릴 적 모내기는 정말 고역이었다. 논에 들어가 모를 심으면서 어린 마음에 양쪽 두렁에서 못줄을 잡고 있는 이들이 그저 편하게 보였다. 하지만 몇 년이 지나자 생산성 차원에서 못줄을 잡는 사람들은 퇴출당했다.

내가 "뻐꾹새가 우니 옛날 애인이 생각난다."고 하자 친구는 "옛날 애인이 있긴 있었나 보네." 하며 웃었다. 우린 이 좋은 동행을 사진으로 남기려 했지만 단 한 사람을 만나지 못해 결국 촬영을 못 하고 독사진만 찍었다. 우린 걷다 쉬기를 반복하며 옛 장터에 도착했고, 장터에서 추억에 빠진 친구의 모습은 평화롭기만 했다. 돌아오는 길가에 핀 노란 금계국은 어찌나 아름다운지 우리를 축복하는 듯했다.

이마에 땀이 흥건할 정도로 걸었는데, 3시간 남짓한 시간 동안 15㎞를 걸었다. 나는 운동 삼아 매일 1시간 정도는 걷고 있지만 이렇게 시간을 내서 트래킹하는 것도 별맛이었다. 다른 친구들에게도 함께 걷자고 했지만 돌아온 건 "이 더운 날 왜 걷나?"는 물음이었다. 친구와 헤어지면서 다음엔 한강을 걷자고 약속했다.

그해 겨울, 한강에서 친구와 재회했다. 한파주의보가 발령된 날이라 두꺼운 등산화에 내의를 껴입고 한강변을 걸었다. 동지섣달 한파도 우리의 우정을 막진 못했다. 겨울 억새가 유난히도 아름다웠다. 양지쪽엔 아직도 파릇한 풀들이 죽지 않고 버티고 있었다. 바람이 어찌나 매서운지, 머리가 깨질 것 같은 아픔에 아내가 챙겨 준 모자를 두 개나 쓰고 걸었다. 하지만 나이는 못 속인다고 이렇게 추운 날씨에 걷다 혈관이 터지면 큰일이라는 염려도 들었다. 이미 봄기운이 피어오르던 거제와는 너무나 달랐던 서울 날씨에 놀랐다. 친구가 걱정할까 봐 너무 춥다는 말은 입 밖에 꺼내지도 못하고 걷기만 했다.

겨울 강의 매력은 푸른 봄을 미리 그려 보는 데에도 있다. 나는 길가에 피어날 쑥과 민들레, 철쭉을 머릿속에 그렸고 강에 머리를 감는 왕버들나무와 벚꽃이 흔들리는 모습을 상상했다. 오후가 되어 배가 출출해지자 우린 막걸리를 파는 노포에서 담소를 나누었다.

사실 나도 살이 많이 쪄 과체중이었을 때가 있었다. 살이 찌니 움직이는 것이 더욱더 무겁고 걷는 것이 귀찮아졌다. 움직이는 게 싫어 소파에 누워 있고 때가 되면 불어난 위장을 채우기 위해 음식을 먹고 먹음직한 안주와 시원한 맥주로 밤을 보낸 시절이 있었다. 보통 비만의 악순환은 이렇게 시작한다. 건강을 위해 나는 걷기를 선택했다.

하지만 결심을 해도 매일 실행에 옮기기가 쉽진 않았다. 경조사나 행사, 동창 모임이 있으면 걷기를 유보했고, 여름 장마나 겨울 혹한이 이어지면 집에 가만히 있고 싶은 유혹이 더욱 커졌다. 봄에는 황사와 미세먼지 때문에 포기하기도 했다. 우린 사실 오늘은 그냥 쉬고 내일부터 열심히 하자는 생각을 얼마나 습관적으로 하는가. 모든 계획과 결심을 수포로 만드는 생각이 바로 이것이었다.

이런저런 이유로 미루면 사실 일 년에 걷는 날은 얼마 되지 않는다. 우리 부부는 독봉산 아래의 천변을 따라 매일 저녁 1시간씩 걷고 있다. 걷는 모습에 따라 그이의 사연을 짐작하기도 한다. 큰 병을 앓고 재활을 위해 걷는 사람. 당뇨병이나 심혈관계 질환을 완화하기 위해 걷는 사람. 뱃살을 빼기 위해 걷는 이. 운동하는 맛에 흠뻑 빠져 빠른 뜀걸음으로 달리는 젊은이. 한 지인은 중년의 나이임에도 대장암 수술을 받은 후 걷기 운동을 꾸준히 하고 있다고 한다. 이런 이야기를 들으면 불안감이 엄습한다. 대장 용종을 줄이기 위해 자주 걷고 채식을 주로 하라는 의사의 권고가 번뜩 생각났다.

사실 매일 걷기란 쉽지 않다. 몇 주 내지는 몇 달을 하다 계절의 변화 앞에 속절없이 포기하는 사람이 많다. 1년, 3년, 5년을 매일 걷는 일은 큰 각성 없인 쉽지 않다. 우리 집 주변의 산책로 역시 봄과 가을엔 걷는 사람들로 가득하지만 여름과 겨울엔 걷는 이들을 거의 볼 수 없다.

이럴 때일수록 나는 마음을 다잡는다. 이런저런 핑계로 운동을 게을리하면 바로 성인병이 몸에 달라붙고 담배와 술, 기름기 많고 자극적인 음식을 몇 년 즐기다 보면 어느새 평생 안고 살아야 할 심혈관 질환을 얻는다. 이런 종류의 병을 앓으면 이후 꾸준한 노력에도 정상적인 상태로 복귀하기 어렵다. 할 수 있는 운동의 유형도 걷기에 한정될 수밖에 없다.

　서구에선 최근 가정과 사회가 미리 일러 주지 않은 '성숙한 인간으로 사는 법'에 대한 뚜렷한 경향성이 이어지고 있다. 10년 전까지만 해도 사회의 혁신이나 자기 경영, 새로운 지식 같은 것에 지성인들이 집중했지만 지금은 하루를 어떻게 가치 있게 살 것인지에 더 주목하고 있다. 결국 라이프 스타일이 인생과 삶의 질을 결정한다는 각성에 의한 것이다. 하루 한 번의 팔굽혀 펴기, 매일 아침 침대의 시트를 정리하고 핸드폰 대신 책을 집어 드는 습관과 머리를 온전히 비우는 걷기가 삶을 어떻게 바꿀 수 있는지에 대한 것들이다. 남에게 상처 주지 않고 건강한 관계를 위해 자신이 안고 있는 통증부터 관리해야 한다는 사실. 이 삶의 기초를 우린 안다고 하지만 모르고 산다.

　최근 충남대 이계호 교수의 특강을 들었다. 그의 전공은 화학이지만 암과 먹거리에 대한 지대한 관심으로 일반인을 위한 강의를 해 왔다. 그는 행복의 근원이 건강이며, 건강을 결정하는 기초가 먹거리와 생활습관이라는 상식을 과학적 배경과 일상의 재미난 사례로 재분석해서 들려준다. 나의 평소 지론과 일치하는 부분이 많아 무척이나 인상적이었다. 『걷기 예찬』의 저자 다비드 르 브르통은 다음과 같은 문구로 '걷기'를 추앙한다.

"나는 한 번도 이렇게 많은 생각을 해 본 적이 없었으며 이렇게 뿌듯하게 존재하고 살아 본 적이 없었다. 나는 그때 혼자 걸어가면서 했던 생각들과 존재들 속에서만큼 나 자신이었던 적은 한 번도 없었다."

프랑스의 사상가 루소가 청년 시절 도보 여행을 하며 남긴 글이다.

어느 봄날의 기록

단순하게만 본다면 봄은 아름다운 계절이다. 겨우내 땅속에 묵혀 두었던 그 모든 것들이 한꺼번에 솟아오르고 시작하고 아침 안개마저 녹초로 향기롭다. 하지만 이렇게 찬란하게 피어오르는 아지랑이와 봄볕이 그저 감미롭기만 할까. 시인 김영랑은 '찬란한 슬픔의 봄'이라 했고 TS. 엘리엇은 '4월은 잔인한 달'이라 했다. 김영랑이야 아름다움의 정점에서 피어난 모란이 곧 지고 말 것을 아쉬워했다지만, 엘리엇의 4월이 왜 잔인한지에 대해서는 해석이 많다.

학교에선 '찬란한 슬픔의 봄'이라는 표현이 역설법이라고 가르치나 보다. '찬란함'과 '슬픔'이 공존할 수 없기에. 하지만 봄은 원래 찬란하고 슬프다. 역설법을 사용하기 위해 찬란한 슬픔을 쓴 게 아니라 김영랑은 그저 찬란한 봄에서 슬픔을 느꼈을 것이다. 봄은 피어나고 여름은 생동하며 가을은 쓸쓸하고 겨울엔 소멸을 느껴야 한다는 교육은 반문학적이며 비과학적인 통념만을 길러 준다.

사람의 감정은 보다 복잡하고 다양한 그림자를 담고 있다. 큰 행복이 오면 곧 사라질까 두려워하고, 오랫동안 짝사랑했던 여성과 사랑에 빠지면 곧 식어 버릴지도 모를 감정에 불안하기도 하다. 봄도 비슷하다. 꽃이 피고 새가 울고 개울이 넘치고 녹음이 생기는 그 황홀경은 너무나 빨리 찾아온다. 주변의 극적인 변화를 감당하지 못할 때 우리의 마음은 적요한 슬픔을 찾게 된다.

이런 이유 탓일까. 계절 중 자살률은 봄이 가장 높고, 우울증 환자 중에도 봄에 극심한 고통을 느끼는 이들이 많다. 검고 무거운 옷을 벗어 던지고 활보하는 군중에 합류하지 못하는 자신의 우울함이 더 큰 대비로 다가온다. 그래서 이들은 사위가 고요해지는 눈 내린 달밤, 달빛에 부서지는 눈 알갱이의 아름다움을 더욱 기뻐하는지도 모르겠다.

황무지

TS 엘리엇

죽은 자의 매장

4월은 가장 잔인한 달

죽은 땅에서 라일락을 피우고

추억과 욕망을 뒤섞으며

봄비로 잠든 뿌리를 뒤흔든다

겨울은 오히려 따뜻했다

망각의 눈(雪)으로 대지를 덮고

마른 구근으로 작은 생명을 길러 주었다

앞서 언급한 엘리엇의 작품이다. 엘리엇이 노벨문학상을 받았기에 시의 내용은 몰라도 "4월은 잔인한 달"이라는 표현만큼은 세계인이 기억한다. 평론가들은 영문시 중에서도 꽤나 난해한 시라고 한다. 우리나라에선 4월에 워낙 많은 죽음이 있었기에 이를 사회적 의미로 해석하기도 한다.

이 시의 해석은 분분하다. 1차 세계대전의 참상을 보고 살아도 진정 사는 것이 아닌, 다시 찾아온 죽음의 봄을 표현했다는 사람도 있고, 다시 살아 내야 하는 번잡한 욕구의 범람, 그 지겨움을 표현했다는 이들도 있다. 그리고 새봄이 죽음의 터에서만 소생할 수 있다는 이야기도. 하지만 이런 식의 해석은 오히려 시를 음미하고 그 의미를 넓히는 데 도움이 되질 않는다.

청소년 시절에 일기장에 썼던 어느 '봄날'에 대한 기록이 있다. 어떤 연유에서 그리 서정에 사로잡혔는지는 모르겠지만, 어렸지만 나는 봄날에 외로움과 서글픔을 느꼈던 것 같다. 예민한 감정에 사로잡혀 정체 모를 외로움을 탐사했던 그날의 기록이다. 정확히 표현하긴 어려워도 나만의 낭만을 만끽한 어느 봄날의 일기다.

낮게 깔려 피어오르는 아지랑이를 밟으며 나는 어린 강아지와 강가를 향해 걸었다. 하늘의 푸름에 온누리가 푸르름을 발산하는 봄의 중턱. 태양이 으스대며 작열하고 빨랫줄의 빨래들이 춤을 추고 있다. 난 외로움과 서글픈 마음을 달래기 위해 집을 나왔다. 산길을 따라 걷다 들판을 향해서 걷고 싶은 충동. 다시 작은 오솔길로 검은 강아지와 앞섰다 뒤섰다 하며 마음껏 걸어갔다.

주위에는 녹엽이 바람에 시달리기도 하였다. 강아지도 오랜만에 세상을 본 듯 좋아라 했고 머리 위에서 지저귀는 새들이

정녕 한가한 평화만을 장식하고 있는 것이 너무나 즐거웠다. 제
비가 이른 아침부터 처마 끝에 앉아 무어라고 지저귀는 것이 우
리 가정의 막내둥이 음성처럼 듣기가 좋았다.

강가에 이르니 모랫가에서 피어오르는 아지랑이가 나를 부르
는 듯하고 강 옆에 우거지는 듯한 버들잎은 우리 젊음을 상징하
는 듯 푸르렀다. 나는 자갈 밭 위에 앉았다가 다시 누워 버렸다.
그래서 작고 아주 흰 조약돌을 골라잡지도 않았는데 나의 손에
성큼 들어왔다.

누워서 하늘에서 떠오르는 어느 여성을 그리워하기에 이르
렀다. 이러는 중 강아지가 누워 있는 나의 얼굴을 마구 핥기 시
작해서 난 다시 일어났다. 낭만이 깃든 존재가 이처럼 넓은 강
변에 모처럼 나와서 누워 보니 시인 같기도 하고 유랑인 같기도
하였다.

난 강물에 손을 담근다
겨울이 지나서 중턱의 봄
조금 차갑게 손이 쓰리는 정도이다
맑게 흐르는 물아 어디로 가는 길이냐
나는 새삼스레 물어도 본다

한참을 앉아 있으니 머리 위가 뜨거웠다. 나는 일어나 보리밭을 가르며 걸었다. 벌써 보리가 이렇게 자랐구나 생각하고 한여름이 되면 고기 잡는 이, 더구나 개구쟁이가 판을 치게 될 강이로구나. 난 집으로 오고 있었다.

어느 봄날 외로움을 달래기 위해 나선 길. 산을 넘는 오솔길이 있고 파란 하늘과 강이 있다. 강가에 누워 하늘을 보니 '어느 여성'이 떠올랐다. 자갈밭을 지나 보리밭을 가르며 돌아온 날이다. 그런데 당시 내가 그리워한 '어느 여성'은 누구였을까. 다만 고향의 봄은 내 정서의 완벽한 토양이었다. 나는 봄을 너무나 사랑한 나머지 정신을 잃을 만큼 동네를 돌아다녔고, 강가의 왕버들 사이로 피어난 벚나무 밑에서 그저 조용히 감격하곤 했다.

봄을 기다리며 들뜨곤 했던 나에게 친구가 보내 준 시가 있다.

봄

손성봉

진달래꽃
수줍게 피어나

파랑새

기다렸건만

봄

아직도

오지 않는가 보다

골밭골 너머

봄이 오면

온 산에 진달래꽃

다 드릴게요

청록파 시인의 색채가 물씬 난다. 이육사가 손님을 기다리며 '은쟁반에 하이얀 모시수건을 준비'했던 소망도 묻어 있다. 고맙다, 친구야.

페이스북을 통해서 알게 된 안산에 계시는 시인을 스승으로 삼아서 시를 배운 지 몇 개월이 지나고 있는데 5집으로 시집을 출간하고자 차곡차곡 준비 중이다.

코로나 19로 인한 최악의 불경기가 우리들의 삶을 바꾸어 놓고 있어서 호주머니는 짝 달라붙어 있지만 시간만큼은 여유가 많아서 허송세월을 보내는 것이 너무나 아쉬워서 또 일을 저질러 보고 싶다.

최근 후에는 운동도 하지 않고 사람들을 만나지 않는 일상이 계속되고 있는데 빨리 종식되기를 기원한다.

봄날
담벼락을 타고
봄이 넘이온다.

황혼이 눈부실 때

나이 먹을수록 작은 일이 서운하다. 젊은 시절 곧잘 주고받던 객쩍은 소리에 발끈하고 모임에서 소외감을 느끼면 바로 관계를 끊기도 한다. 노인에겐 연륜이 축적되지만, 경험은 때로 생각의 성벽을 더욱 굳건히 고착시키기도 한다. 젊음을 노력으로 얻지 않는 것처럼, 늙음 또한 그렇다. 다만 늙은이는 "생애 동안 당신은 무엇을 적립했느냐"는 시선에서 벗어날 수 없다.

오랜 세월 연락이 끊겼던 친구가 팍삭 늙어 버린 촌로의 모습으로 나타나 놀란 적이 있다. 늘어진 목살과 주름, 얼굴과 손등에 자란 검버섯 때문에 눈을 한참이나 보고서야 알아보았다. 다만 순했던 그 눈빛만이 젊었을 때의 아름다움을 간직하고 있어 안심했다. 누군가는 나이만큼의 주름과 백발이 자연스러운 아름다움이라 하고, 또 누구는 늙어도 외모를 가꾸고 젊은 영혼으로 남아 있기 위해 노력하는 것이야말로 삶에 대한 진지한 태도라고도 한다.

내 주변을 보면 은퇴 후에도 사회관계를 지속하며 일을 계속하는 친구들이 생동하는 삶을 사는 것 같다. 언젠가 모임에서 내가 "염색금지법이 생기면 길거리엔 온통 나이와 상관없이 금발 아니면 백발만 넘쳐날 것"이라고 하자 좌중이 폭소를 터뜨린 적이 있다. 그들 대부분이 염색했기에 '웃픈' 이야기가 되어 버린 것이다.

팔에 검버섯이 생겨 피부과에 간 적이 있다. 의사는 시술 부위에 마취 크림을 바르고 30분을 기다렸다 레이저로 조금씩 지져 댔다. 살 타는 냄새가 코를 찔렀다. 나는 머리에 숱은 별로 없지만 다행히 아직도 검은색을 유지하고 있다. 아버지도 유독 머리가 세질 않으셨다. 그러고 보면 유전일 것이다. 식당이나 지하철에서 검은 머리 노인들을 자세히 보면 뿌리 부분만 허옇게 자라 다 감추지 못한 세월의 흔적이 남았다.

나이는 숫자에 불과하다는 말은 영혼의 젊음과 노년의 도전을 옹호하기엔 좋은 말이지만, 육체적 노쇠 앞에서는 공허한 말로 들리기도 한다. 노년의 시절, 우리를 가장 힘들게 하는 것은 바로 고독이다. 고독을 친구처럼 곁에 두어 이를 즐기거나, 아니면 고독과 싸우는 방법도 강구해야 한다.

가을볕이 좋을 때면 나는 어김없이 추억에 빠져들곤 한다. 참으로 다행인 것은 내 유년의 기억들이 모두 따뜻하게 살아 있다는 것이다. 장손자인 나를 끔찍이도 사랑하셨던 우리 검둥이 할매, 그리고 산행할 때마다 내 곁을 충직히 지켜 주었던 진돗개 진주와 왕건. 모두 세상에 없지만 가장 빛나는 장면으로 남아 있다. 나이 들어 고독한 나머지 사람과 사연에 집착하거나 타인을 미워하는 마음을 가진 이들이 많지만, 아직 내가 작은 일에 위안을 얻고 순수를 동경하는 것도 이 추억 때문일지도 모른다.

"서리 맞은 단풍잎이 2월의 꽃보다 더 붉다"
霜葉紅於二月花 (상엽홍어이월화)

당대 시인인 두목(杜牧)이 쓴 「산행(山行)」의 한 구절이다. 내가 좋아하는 한시이기도 하다. 서리 맞은 나뭇잎은 가을도 저무는 겨울 초입이고, 2월화(二月花)는 음력 2월이니 양력으론 3, 4월의 봄꽃이다. 전문은 다음과 같다.

멀리 스산한 가을 산의 비스듬한 돌길을 오르니

흰 구름 피어나는 곳에 인가가 있구나

수레 멈추고 저물녘 단풍 숲 하염없이 즐기나니

서리 맞은 잎이 봄날 꽃보다 붉구나

마지막 구절이 백미다. 풍상을 다 겪은 황혼 녘 노인의 지혜가 젊은이의 열정보다 빛난다는 뜻이다. 오랜 세월의 풍파를 겪어 지혜가 빛난다는 의미로도 읽을 수 있지만 나는 달리 읽는다. 황혼의 움직임이 더 아름답다는 뜻으로. 밤하늘에 쏘아 올린 불꽃이 생의 마감을 장엄하게 매듭짓듯, 얼마 남지 않은 황혼의 빛이야말로 가장 아름다울 수 있지 않을까.

PART 2

모든 것이
소멸하는 순간까지

신이 우리에게 선사한 선물은

"인간은 누구나 단 한 번 살고 결국 죽으며

떠날 땐 아무것도 가지고 갈 수 없다"는 사실이다.

모든 것이 소멸하는 순간까지

손에 꽉 쥐어야 할 그 무엇이 있을까.

벗들은 어디로 갔을까

나이를 먹어도 주변에 좋은 벗들이 울창한 숲을 이루고 있다면 잘 살아온 것이 분명하다. 젊은 시절 매일 뭉쳐 다녔던 벗들도 가정이 생기고 생활의 곡절을 겪다 보면 하나둘 사라지기 마련이다. 20대엔 친구의 결혼식에서 뭉치고, 40~50대엔 부모의 상(喪)에서 만났지만, 이제는 친구가 하나둘 저세상으로 갔다는 소식을 듣곤 한다. 하루가 멀다고 안부를 묻고 회동하는 일도 뜸해져 나중엔 일 년에 한 번 연락하는 친구가 되곤 한다.

이상한 일이지만 나이 들어 더 마음이 넓어지기보다 옹졸해지고 작은 말실수 하나에도 토라져 절연(絕緣)을 통보받기도 한다. 오랜 시절 맺어 온 의리와 관계의 깊이가 오히려 서로를 막대한다는 느낌으로 다가올 때가 있는 것이다. 남녀 관계든 벗과의 교제든 세월을 견딘 사랑이 진정 값지다는 말이 있다. 처음 만나 호감을 얻고, 공감하고 숨겨진 매력을 발견하는 시절엔 상대 특유의 버릇마저 사랑스럽다. 하지만 세월이 흐르면 식상해지고, 나를 가벼이 본다는 생각도 생기기 마련이다. 이 세월의 질곡을 넘어서도 존중하고 배려하는 관계를 만들기란 생각처럼 쉽지 않다.

사람 관계에도 정성이 투여되지 않으면 좋은 관계로 발전하지 않는 것 같다. 나는 벗들과의 관계를 꽃밭에 비유하곤 한다. 자주 들여다보고 세심히 살펴 제때 잡초를 뽑고 물을 주고, 때로 장마철엔 비를 막아 주거나 물을 빼 줘야 아름다운 관계로 성장한다. 돌보지 않으면 주변의 잡초가 꽃들의 영토를 갉아먹어 더는 꽃이 생육하지 못하는 지경이 되곤 하는 것이다.

나는 생각이 독창적이고 글을 잘 쓰는 사람을 좋아한다. 페이스북에서도 글을 참 맛나게 잘 쓰는 젊은 여성이 있어 페친(페이스북 친구)을 맺었다. 다방면에 지식이 많고, 하나의 소재를 해부학적으로 탐사하듯 글을 쓰는 친구였다. 그만큼 생각이 다듬어져 있고 실행력이 좋은 친구다.

내가 하루는 댓글로 의견을 남겼는데, 그 친구는 조금만 엇나가도 날카롭게 공격을 했다. 이건 경우가 아니다 싶어 친구를 끊으려 했지만, 의견이 다르다고 친구를 끊는 행동도 민망한 일이었다. 이 친구의 글을 통해 다른 관점을 배우는 즐거움도 있었기 때문이다. 나뿐 아니라 그 친구의 글을 즐겨 읽는 친구들도 이런 공격을 빈번히 받다 보니 결국 댓글이 사라지고 조회 수도 점차 떨어지고 있다.

페이스북과 같이 열린 공간에서 나이 먹었다고 어른 대접 받으려 하면 본전도 못 찾는다. 자세를 높이면 젊은 친구들과 소통할 수 없고, 가르치려 하면 배제당한다. 우리 연배는 오히려 자세를 낮추고 배우는 자세를 보여야 젊은이에게 존경받을 수 있다. 최근 유행어처럼 '나 때는 말이야(라떼는말야)' 식으로 접근하면 곤란하다. 상하 위계가 확실하고 서열이 구축된 관계만을 원한다면 좋은 벗을 얻기 어렵다. 나이를 떠나 인생과 세상, 문학예술을 논하고 싶다면 '서열의식'을 버려야 한다. 내가 형인데, 내가 오빠인데 하는 식으로 접근해선 곤란하다.

부모 자식 간의 관계도 마찬가지다. 평생 굳어진 그이의 사고와 행동 방식을 지금 나의 기준으로 비난하거나 이치를 따지려 들면 금이 간다. 서운하다고, 답답하다고 할 말 다하고 나면 부모님이 느끼는 상실감과 분노는 뒷감당을 못할 지경이 된다. 이젠 조상님이 나타나도 화해하지 못하는 원수 관계로 변하기도 한다.

많은 경우 불화는 작은 것에서 시작한다. 이 작은 불씨가 마음을 온통 태워 버리는 산불로도 발전하고, 때론 관계를 더 따뜻하게 덥히는 땔감으로 남기도 한다. 작은 일로 마음을 상하게 했더라도 바로 사과하는 것이 좋다. 나에게 실망했거나 화난 이의 이야기는 꾹 참고 끝까지 들어 주는 것이 좋다. 화해를 시도했다가 다시 이치를 따지며 더 크게 싸워 결별하는 경우를 많이 본다. 물론 용서를 구했음에도 차갑게 얼굴을 돌려 상종하지 않겠다는 친구는 어쩔 수 없다. 안타깝지만 그냥 잊어야 한다. 작은 일로 정죄(定罪)하는 친구는 앞으로도 친구로 남기 어려울 것이다.

젊은 시절 의좋게 어깨 걸었던 그 많던 벗들은 모두 어디로 간 것일까. 발자국을 돌아보면 나를 떠난 사람, 내가 떠난 사람, 돌부리에 넘어져 쓰러진 벗을 두고 걸어갔던 사람, 같은 곳을 본다고 걸었지만 이제는 너무 멀어진 곳을 걷고 있는 사람들이 떠오른다. 나는 지금도 벗들에게 좋은 그늘일까. 늦은 밤 창에 바람이 들이치면 나는 떠나간 벗들을 생각하곤 한다.

친구야, 술 묵자

두 달에 한 번 중학교 동창을 만난다. 지난 주말엔 울산에서 모임을 가졌다. 다음엔 거제에서 모이기로 했다. 격월로 모이지만 늘 모임을 앞두고 벌써 두 달이나 흘렀나 하며 놀라곤 한다.

동창들을 만나기 위해 가는 길은 늘 즐겁다. 이날만큼은 낭만과 동심으로 나를 가꾼다. 운전으로 2시간 반 정도 달리는데, 나는 좋아하는 여성 가수의 노래를 준비해 거가대교를 달린다. 음악을 들으며 운전하는 것은 홀로 있을 때만의 특권이다. 왜냐면 아내는 내가 좋아하는 음악을 '뽕짝'이라며 시끄럽다고 핀잔주기 때문이다. 고속도로 휴게소에서 파는 CD를 크게 틀어 놓고 흥얼거리며 흥을 돋운다.

옛날 시골 중학교는 대부분 남녀공학이었다. 남녀가 반은 달

랬지만 교내에서 남몰래 마음을 주고받고, 짝사랑에 열병을 앓는 청춘이 많았다. 수학여행 땐 버스 차창 너머의 '그 여학생'에게 쪽지를 던지는 일도. 그땐 비밀이었지만 졸업 후 모임에선 그 비밀의 화원이 열린다. 여학생에게 인기가 좋아서 연애도 곧잘 했던 친구의 이야기는 여전히 흥미롭고, 비참한 사연에는 배꼽을 내놓고 웃는다.

반세기 전에 앓았던 짝사랑 이야기랑 비밀리에 주고받았던 연애편지 이야기가 나오면 친구들도 저마다 '그 소녀'의 이야기를 꺼내 놓는다. 과거엔 절대 비밀에 부친 순수의 사건이었지만 지금은 서로 자랑을 하지 못해 안달이다. 친구 여럿이 모이면 무용담이 쏟아져 발언권을 얻기 쉽지 않다. 이제는 부끄러운 이야기가 아니고 모두 아름답고 순수한 추억담이다.

우린 울산 태화강의 십 리 대나무 숲길을 걸었다. 모두 하얗게 센 머리에 이젠 걸음걸이도 노인네가 다 되었다. 우린 서로 닮았다. 이렇게 같이 늙는구나. 처량함이 아니라 오랜 시간 함께 걸어와 주었던 친구가 있음에 든든함을 느끼곤 한다.

좋은 친구를 오래 유지하는 건 쉽지 않은 일이다. 약점이 있어도 다독여 주며 서운한 감정도 깊이 두지 말아야 한다. 이런 저런 이유로 친구를 멀리하면 황혼 녘에 손잡을 벗은 하나도 남지 않기 마련이다. 이제는 문득 술이 고파 친구 얼굴이 보고 싶으면 언제든 달려와 막걸리 한잔 내밀 수 있는 친구가 그립다. 거제에도 우리 친구가 한둘 있으면 좋겠다.

얼마 전 간암으로 투병하며 죽음을 앞둔 친구의 이야기를 건네 들었다. 수박을 한 통 준비해서 찾아갔는데, 만나는 중에도 친척이나 친구들이 계속 안부 전화를 하는 것을 보았다. 죽음을 앞둔 친구에겐 그 어떤 말도 위로나 희망이 되지 못한다. 이미 수년간 투병하며 희망이 속절없이 무너지며 복수가 차오르고 악화되는 간 수치를 확인했을 것인데, 무슨 말을 하겠는가? 오래된 친구가 좋은 친구인데 처음 앓았을 때 잘해 주지 못해 미안했다. 자주 전화라도 할걸 하는 생각이 들었다.

언제 만나도 늘 투명하게 자신의 삶과 고민을 보여 주는 친구가 있다. 그가 늘 소탈하고 진실하게 사람을 대했기에 나 역시 이 친구를 만나면 자연스레 폼과 가식을 내려놓게 된다. 사람은 누구나 자신의 그림자를 안고 살아갈 수밖에 없는데, 이를 보여 줄 수 있다는 것은 상대를 철저히 믿기 때문에 가능하다. 한마디로 간담상조(肝膽相照)다. 서로가 마음을 터놓고 숨김이 없다. 허물없이 친한 친구다.

또 한 친구는 나에게 경각심을 준다. 늘 치열하게 고민하고 생활을 건강하게 꾸려 나가는 모습을 보는 것 자체가 삶의 활력이 된다. 특별한 말을 하지 않지만 잘 정돈된 거실과 부지런히 식탁을 오가며 음식을 내오는 모습 자체가 좋다. 이 친구가 삶을 대하는 모습은 늘 이렇게 정갈하다. 가끔 지치고 지향을 잃어버릴 때 이 친구를 만나고 돌아오는 날에 나도 모르게 새로운 구상과 결심을 했다. 붕우책선(朋友責善)이라 할 친구다. 벗끼리 좋은 영향을 주는 친구다.

그런데 돌아보면 역사상 가장 뜨거운 우정을 나눈 이들은 역시 예술가들이었다. 서로의 작품을 완벽히 이해하고 새로운 열정을 추동하는 친구는 문단이나 화단에선 그 어떤 연인이나 가족보다 소중한 존재였다. 고흐와 고갱, 폴 세잔과 에밀 졸라, 차이콥스키와 폰 메크 부인 등. 이들은 친구의 작품과 영혼을 추앙했다. 그들은 배고픈 시절에도 서로를 인정했다.

동양엔 백아절현(伯牙絶絃)이라는 고사가 있다. 거문고를 기가 막히게 켜는 백아(伯牙)의 선율을 듣기만 해도 친구 종자기(鍾子期)는 그 마음을 절묘하게 맞췄다. 태산이나 유유히 흐르는 강물, 비가 오는 소리와 폭풍 치는 마음마저.

이와 반대로 가장 고차원적인 사회적 관계라는 정치적 동지나 동업자 관계는 그리 오래가지 않는 것 같다. 공동의 정치적 목표를 위해 결성하는 것이 정당인데, 그 목표가 각기 달라지면 바로 결별한다. 때론 원수보다 못한 사이가 되기도 한다. 사업가의 우정은 '뜨거운 얼음'과 같은 형용모순으로 들린다. 재벌 2, 3세들이 벌이는 형제의 난이나 부모의 유산을 두고 죽을 때까지 싸우는 형제들의 사연이 차고도 넘친다.

"모든 이론은 회색이고, 영원한 것은 저 푸른 삶의 나무다."
(teurer Freund, ist alle Theorie und grün des Lebens goldener Baum)

괴테의 『파우스트』에 나오는 말이다. 결국 더불어 살아 친구의 못난 모습까지 껴안아 주며 여기까지 함께 온 친구가 진정한 우정의 실체 아닐까.

돈의 품위

한번은 아내가 장을 봐 오라며 돈을 주었다. 아내가 준 메모지를 보며 시장을 두어 바퀴 돌아 장을 보았다. 물론 아내였으면 단박에 참기름집이 어디에 있는지, 야채 가게나 푸줏간이 어느 통로에 있는지 알고 순서대로 장을 보았을 것이다. 집에 돌아와 장 본 것을 풀어놓고 방에 들어가려는 순간이었다. 설거지하던 아내가 나에게 찰싹 달라붙어 내 호주머니를 뒤지는 것이 아닌가. 남은 잔돈을 삥땅 칠까 남은 돈을 수거하는 모습이 어찌나 우습던지 아내와 나는 한참을 웃어 댔다.

젊음의 가치는 재능과 패기와 같은 것으로 가늠할 수 있다지만, 노인의 가치가 어디 그런가. 수중에 돈이 없으면 품위조차 지킬 수가 없다. 내 고향 친구는 "뭐니 뭐니 해도 능력 있는 한

아버지가 최고여!"라고 말하곤 한다. 사정이 넉넉한 친구들은 명절이 오면 은행에서 빳빳한 신권으로 손주들 용돈을 준비하고 생일이나 기념일엔 선물을 준비하곤 하는데 이 돈도 꽤 나간다.

아무리 사랑한다 입으로 말해도 결국 신사임당이나 세종대왕님이 계신 돈을 줘야 아이들 입꼬리가 올라간다. 노년의 품격은 돈에서 나온다는 소리가 헛말만은 아님을 느낄 때가 많다. 연인의 생일에 사랑의 마음을 담아 종이학 천 마리를 접는 남자와 명품 반지나 핸드백을 준비하는 남자 중 여성들은 누굴 더 선호할까.

아이들을 키우느라 돈이 생기는 족족 써 버리고, 아이들이 장성했다고 그나마 쥐고 있던 땅과 집을 처분해 상속하고 결국 아이들에게 손을 벌려야 하는 노인들이 많다. 자식에게 용돈을 받아 사는 노인도 있다지만, 나는 내 노후를 그리 보내고 싶진 않다. 내 생일에 아이들이 선물을 준비하면 나는 두툼한 돈다발을 안기고 싶고, 손주들의 입학식·졸업식 땐 근사한 노트북 정도는 선물해 줄 수 있는 능력자 할아버지가 되고 싶다.

과거에는 돈이 없어도 평생을 고고하게 살았던 어른들이 존경받았다. 안타깝게도 지금은 모든 것의 가치가 돈으로 계측되는 물신주의 사회다. 나이 60이면 세상을 떠날 준비를 했던 노인들과 달리 지금의 중년은 은퇴 후에도 50년이라는 긴 시간을 살아 낼 준비를 해야 한다. 최근 상속 문제가 심각한 사회문제로 부상한 것도 이와 연관이 있다. 90세 아버지와 70세 아들이 함께 늙어 가는 노노사회(老老社會)가 되었다.

자식에게 우습게 보이지 않으려 재산을 쥐고 있다가 결국 할아버지가 손주에게 상속하는 경우를 심심찮게 보곤 한다. 상속세와 양도세에 대한 불만이 고조되는 것도 사회적 흐름이다. 노인에 대한 안정적인 연금제도를 유지하고 있는 유럽국가와 달리 우리나라는 노부부가 부동산 등의 자산이 없으면 비참한 생활을 해야 한다. 결국 노인들이 자산을 쥐고 있어야 생존이 가능한 사회이기도 하다.

난(蘭)이 돈이 된다는 이야기가 돌자, 은퇴 후 노후 자금을 마련하기 위해 이 세계에 뛰어드는 이들도 늘고 있다. 당연히 이 분야엔 경험이 많고 지식이 풍부한 전문가들이 즐비하다. 그들은 각종 모임이나 산행에서 높은 식견으로 존경받는다. 하지만 막상 그이의 집에 갔을 때 좋은 난들이 없으면 실망감을 감추지 못한다. 아무리 식견이 높아도 사람들은 눈으로 확인할 수 있는 고급 난을 키우고 있지 않으면 좀처럼 인정하지 않는 추세다.

사람의 품위가 돈으로 결정되는, 서글픈 현실이다. 노인일수록 재산이 있고 없음에 따라 삶의 품위가 결정되곤 한다. 존엄한 인간으로 늙어 가며 안식할 수 있는 전제조건이 바로 최소한의 품위를 유지할 수 있는 경제력이 되었다. 젊은 시절보다 더 현명하게 계획을 수립하고 끈기 있게 자산을 축적해야 하는 이유다.

사람이나 강아지나

어렸을 때 우리 집엔 조그만 강아지 다섯 마리가 있었다. 강아지들을 안으면 보송한 솜털의 온기가 연약한 살집과 함께 잡혔다. 어느 날 어머니와 함께 아궁이 앞에 앉아 오순도순 이야기를 나누고 있을 때였다. 갑자기 강아지 한 마리가 뛰어 들어왔다. 그런데 강아지는 우리가 손 쓸 틈도 없이 불이 활활 타오르는 아궁이로 돌진하는 것이 아닌가. 고통스러운 울음을 뱉던 강아지는 화염을 뒤집어써 가며 죽었다. 나는 너무나 놀라 아무 말 못 하고 그대로 굳어 버렸다. 너무 놀라운 장면이라 오래도록 잊히질 않았다.

"왜 그랬을까?" 하는 의문이 꼬리를 물었다. 노스님들이 살신성불(殺身成佛)을 한다는 이야기는 들었지만, 어린 강아지가 제

몸을 불사르다니. 더 커서 짐작하기로 강아지는 쥐약을 먹었던 것 같다. 강아지나 가축이 쥐약을 먹으면 속이 타들어 가는 고통으로 우선 몸을 숨길 곳부터 찾아 뛰어든다고 한다.

한참 시간이 지나 고래를 수리하기 위해 아버지는 구들을 뜯으셨는데, 아궁이 막다른 곳에 그 강아지는 까만 재가 되어 뼈만 남아 있었다. 마지막 순간까지 얼마나 고통스러웠을까 하는 생각에 며칠을 가슴 아파했던 기억이 있다. 옛날에는 일 년에 두 차례 쥐 잡는 날이 지정되어 있었다. 관에서 지정한 그날이 오면 전국 모든 가정에서 쥐약을 놓았다. 당시 6,000만 마리에 달하는 쥐가 전국 양곡의 20%를 갉아먹는다는 이야기 있었으니, 쥐잡기 운동은 식량 보전 운동이기도 했다. 비단 우리 강아지뿐 아니라 쥐 잡는 날이면 전국에서 죽어 나간 개나 야생동물이 많았을 것이다.

어린 짐승에 대한 연민은 유년 시절부터 자랐던 것 같다. 갈비뼈가 다 드러난 길고양이를 보면 오늘은 배를 채웠는지, 또 잠은 어디서 자는지 하는 생각이 들곤 한다. 반대로 집에서 자라는 고양이는 주인을 '집사'로 둔다. 고양이를 키우는 이들은 자신이 고양이를 선택하는 것이 아니라 고양이에게 간택되는 것이며, 주인이 고양이고 자신은 서열이 가장 낮은 집사일 뿐이라고 농담을 하곤 한다.

고양이는 개와 달리 독립적이며 자기 영역을 구축한다. 물론 충성심을 개처럼 표현하지도 않고 주인의 행동을 관찰하거나 집착하는 것도 훨씬 덜하다. 이런 고양이만의 매력에 빠진 이들은 정말 상전의 기분에 맞춰 살아가기도 한다. 저녁에 집 앞 천변을 걷다 보면 정말 반려동물 천지다. 2019년 기준으로 한국의 반려견이 600만 마리가 넘고 반려묘도 207만 마리이니 한 집 걸러 한 집이 키우고 있는 셈이다.

옛날엔 개는 마당에 묶어 두고 잔반을 주고 가끔 똥을 치워 주면 그만이었다. 고양이를 집에 들이는 건 생각도 하지 못했다. 그러나 지금은 반려동물을 들이려면 비용은 물론 꾸준한 헌신을 각오해야 한다. 견종에 맞춤한 사료는 기본이고, 웬만한 간식도 아이들에게 먹이는 간식처럼 비싸다. 새끼라면 순서대로 예방접종을 해야 하고 병에 걸려 수술이라도 하게 되면 의료보험 혜택이 없기에 최소 몇 백만 원을 지출할 각오도 해야 한다. 노령견이 자주 앓는 심장병이나 슬개골 탈구의 경우에도 기본 진단비용인 CT 촬영 비용이 50만 원, MRI 촬영비가 100만 원이 넘는다.

돈이 다가 아니다. 강아지의 경우 주인과 함께 꾸준하게 산책

하는 것은 물론, 목욕을 시키고 털 관리와 이발을 해 주는 것이 기본이 된다. 반려동물을 집에 두고 이틀 이상 집을 비우는 건 엄두도 내지 못한다. 그래서 강아지 호텔 같은 곳에 맡기고 떠나지만 이런 경험을 반복하면 트라우마를 앓는 개들도 있어 주인들은 출장을 한 번 갈 때마다 심란하다고 말한다.

반려견을 애지중지 업어서 키우는 견주의 이야기를 듣던 한 친구는 이렇게 말했다.

"반려동물 대하듯 부모님께 맛난 것 챙겨 드리고, 씻겨 드리고 이발해 드렸다면 참말로 효자 소리 들었을 것이다."

가족의 중심이 '식구'가 아닐 '동물'로 정착되어 가는 것에 대한 안타까움이었을 것이다.

반려동물 전문가들은 평생 동반자로 살 각오 없이 그저 살아 있는 장난감을 얻듯, 혹은 외로워서 동물을 들이는 것을 반대한다. 그런 의미에서 지금은 과거에 사용했던 애완견(愛玩犬)이라는 표현을 사용하지 않는다. 반려동물은 완구(玩具)가 아니라는 뜻이다. 자신의 즐거움만을 위해 개를 들였다 이후 싫증나면 장난감 버리듯 버리는 행태 역시 이러한 인식에서 비롯한다.

적절한 운동과 놀이를 해 주지 않고 그저 집에서 간식이나 주며 키우다 심장병과 당뇨 등으로 고통받고 무지개다리를 건너는 '사육동물'이 너무 많다. 휴가철이 되면 몇 백 킬로미터 떨어진 섬과 해변에서 버려진 유기견이 넘쳐난다. 지식과 책임이 동반되지 않는 반려동물 키우기의 결말은 이렇게 참혹하다.

〈순간포착 세상에 이런 일이〉라는 SBS TV 프로그램을 보았다. 사람에게 배신당하고 어느 순간 사회와 단절하며 쓰레기 방에서 은거하는 한 노인의 사연이 소개되었다. 노인은 처음엔 제작진의 접근을 거칠게 거부했지만 시간을 들여 관심과 염려를 보이자 점차 마음을 열고 결국 병원 진료까지 가며 울음을 터뜨렸다. 몸의 상처는 시간이 지나면 흉터만 남고 아물지만, 마음의 상처는 시간이 지나도 더 큰 상처로 자라곤 한다.

그런데 동물도 이와 비슷한 트라우마를 겪는다. SBS 〈TV 동물농장〉에선 야산에 서 올무에 걸려 며칠을 신음하던 강아지를 구조한 사연을 소개했다. 강아지를 구조한 이가 강아지를 입양했지만, 결국 강아지의 다리는 절단할 수밖에 없었다. 하지만 강아지는 몇 년이 지나도록 주인에게 곁을 주지 않았다. 주인의 손길을 거부하며 조금만 다가가도 덜덜 떨며 미친 듯 도피했다. 결국 전문가를 불렀다.

전문가는 올무에 걸려 상처 입었던 강아지에게 목줄을 메어 키운 문제를 지적했다. 강아지는 주인 역시 올무를 채운 존재로 받아들여 무서웠을 것이라는 이야기다. 전문가는 목줄을 풀어 넓은 방에서 치료를 전문으로 하는 리트리버를 친구로 들였다. 둘이 점차 친해지며 놀자 견주가 리트리버를 쓰다듬었다. 이를 본 강아지는 그제야 자신의 친구와 친한 주인을 안전한 존재라고 받아들였다. 처음으로 친구와 함께 주인 곁에 앉았고 한참이 지나 자신을 쓰다듬게 해 주었다.

군 시절 휴가 때 친척의 결혼식에 간 적이 있었다. 결혼식엔 응당 좋은 음식이 푸짐하기에 내심 기대를 하고 참석했다. 하지만 부엌과 광에 가득했던 음식이 나에겐 차려지지 않았다. 처음 인사드릴 때부터 "네가 어찌 알고 여길 왔는고?" 하는 눈치였다. 오랜 시간 앉아 있었지만 음식을 내주지 않으셨고 눈길조차 주지 않으셨다. 지금과 달리 당시 군인은 늘 배가 고팠다. 나는 잔치 음식을 배불리 먹고 음식을 싸 주시면 내무반에 가져갈 요량이었지만, 시간만 가고 꾸어다 놓은 보릿자루처럼 앉아 있는 꼴이 비참하게만 느껴졌다.

결국 그날 극심한 허기를 달래며 모욕감을 느끼며 복귀했다. 세월이 흘러 그 어르신이 돌아가셨다는 소식을 듣고 장례식에 갔다. 놀랍게도 내 마음에는 약간의 슬픔도 피어오르지 않았다. 어릴 때의 상처는 이리도 오래간다고 생각하며 씁쓸한 마음으로 돌아왔다. 사람들과 이야기를 하다 보면 이런 비슷한 체험을 듣곤 한다. 부모님이 형제간 사이가 안 좋아서 명절날 큰집에 가면 꼭 음식으로 타박당하곤 했는데 그게 그리도 서러웠다는 이야기다. 사람이나 강아지나 마음이 전해지는 원리는 모두 같다.

거리 둠의 미학

회식 자리에서 직원들에게 '사랑'의 반대말이 무엇이냐 물었다. 대부분 '미움'이라 답했고 나는 '무관심'일 수도 있지 않느냐고 물었다. 사랑의 대립어가 증오이듯, 사랑과 증오는 서로가 있어야 존재할 수 있는 개념이지만, 무관심을 이조차 뛰어넘는다. 한(限)이나 애증(愛憎), 미운 정, 연민과 관심조차도 자랄 수 없는 언어의 토양이 바로 무관심이다.

사람을 겪다 보면 주는 것 없이 미운 사람이 있다. 그런데 이 밉다는 감정조차 내가 그이에게 어떤 방식이든 예민하게 반응하고 있다는 현상이기도 하다. 그래서 이별로 깊은 상처를 입은 사람이나 벗에게 큰 배신감을 느낀 이들이 진실로 원하는 것은 재결합이나 화해가 아니라 망각이다. 자신의 기억 속에서 그와 관련된 장면은 깨끗이 지워 버리고 싶은 것이다. 박찬욱 감독의 명작 〈올드보이〉에서도 주인공 오대수(최민식 분)가 선택한 마지막 처방이 바로 '기억의 삭제'다.

〈올드보이〉와 달리 '기억'을 지워도 사랑은 지속한다는 메시지를 담은 영화가 있다. 영화 〈이터널 선샤인〉에선 상처받은 연인이 서로에 대한 기억을 모두 지우지만, 결국 다시 만나 다시 사랑에 빠진다는 이야기다. 기억을 지우기 전 서로가 상대에게 가졌던 끔찍한 평가에 대한 녹취 내용을 듣지만 둘은 다시 파국을 맞을지도 모르는 사랑을 선택한다.

관계의 종말은 대부분 '실망'에서 비롯된다. 실망감은 기대감의 저편에 있다. 우리가 사람에게 느낀 대부분의 독특함과 매력은 흥분된 기대감을 주고, 세월이 흘러 이를 갉아먹는 모습을 보며 우린 실망한다. 오랜 벗에게도 서운함을 반복적으로 느끼면 실망하고 관계를 닫아 버리곤 한다. 그리고 이 실망의 늪을 반복적으로 오가면서도 서로가 있어야 삶이 든든하다고 느낀 이들만이 진정한 평생의 벗을 얻는다. 백발이 될 때까지 친구로 남은 이들은 "인간에 대한 실망 따위는 당연한 것"이라고 입을 모은다. 다만 그 친구가 있었을 때 삶의 에너지와 존재감을 얻었기에 서로를 포기하지 않았다고 내 경우, 관계가 깊어지고 길어질수록 실망하지 않기 위해 노력하는 편이다. 기대감을 줄이고, 집착하지 않으려 한다. 그가 마음껏 숨 쉬고 말하며 자신의 기질대로 행동할 수 있는 그 반경의 선을 인식하고 건드리지 않으려 한다. 이는 무관심과는 또 다른 '거리 둠'이다. 그에 대한 존중과 사랑의 기초가 우리가 스스로 결정하는 독단자(獨斷者)라는 것이다.

서로를 향한 흠모가 한순간 분노의 폭풍으로 바뀔 수 있음을 세월을 통해 겪었기에 나는 존중과 사랑을 관심과 거리 둠으로 표현하고자 한다. 속단하지 않는 것도 거리 둠의 미덕이다. 한 사람의 표현과 반응에는 모두 연원이 있으며, 그 연원을 이루는 경험과 생활환경을 모두 알지 못하기에 타인의 부정적 모습에 대해선 판단을 유보하는 것도 도움이 된다. 사람과의 관계엔 늘 반전의 씨앗이 숨어 있다고 믿기 때문이다.

사망 사건을 많이 다뤄 온 한 경찰관은 죽음을 가장 많이 발견하는 시기가 추석과 같은 명절 전후라 한다. 평소 왕래나 연락이 없다가 명절에도 연락되지 않으면 그때야 가족들이 집에 들러 이미 사망한 부모·형제의 시신을 발견한다.

이보다 더 비극적인 발견도 있다. 보증금을 다 깎아 먹도록 월세를 몇 달째 내지 않고 연락도 받지 않는 청년이 괘씸했던 집주인은 명도소송을 진행했다. 행정관을 통해 강제로 현관문을 뜯었는데 발견한 것은 이미 백골이 된 청년의 시신이었다. 부산진구에선 5년도 더 된 백골이 발견되었는데, 사망자는 겨울옷을 다섯 겹이나 껴입고 손엔 목장갑을 여러 겹두른 채 이불 속에서 웅크린 자세였다.

조금 다른 경우지만, 내 건물에 세를 들어 사는 분이 1년이 넘도록 월세를 내지 않다가 결국 야반도주한 일이 있었다. 명도신청을 해 놓은 상태다. 사는 모습이 안쓰러워 월세가 밀려도 독촉하지 않았는데 그자가 그렇게 떠나자 무척이나 씁쓸했다.

세상의 모든 존재가 애초 홀로 살 수 없도록 설계되었다. 더불어 살며 서로에 대한 관심이 공동체를 지탱하는 강력한 힘이었지만, 현대사회에선 사람은 홀로 고립되고 때로 스스로 방치되며 관계를 차단한다. 나이 먹을수록 '사랑'과 '관심'이 얼마나 뜨겁고 고마운 것인지를 느끼곤 한다. 하지만 나 자신이 행복감을 느끼지 못한다면 이런 말이 공허함을 잘 알고 있다.

나에게 행복감을 주는 일들을 하나씩 늘려 가고 작은 일에도 기분 좋게 느낄 수 있도록 지금의 감각에 충실하려 한다. 주변의 벗들과 더불어 살기 위해 나는 침범하지 않는 사랑을 고민한다. 내 나이 65살이 되니 "사랑해"라는 말이 얼마나 큰 위력을 담고 있는지를 새삼 느끼곤 한다.

더불어 숲
단단한 대나무조차 홀로 자라지 않는다.

불황기의 대표이사와 사원

회사를 운영하며 나는 관리자들에게 선제적으로 사고하고 주인답게 실행하라고 주문하곤 한다. 하지만 자신을 급료만큼만 일하는 임금노동자로 한정하면, 업무는 물론 회사에 대한 애착도 엷어지기 마련이다. 비슷한 연봉, 같은 직급에서 출발한 이들을 안다. 그들은 같은 공간에서 다른 시간을 보낸다. 받은 만큼만 일하겠다는 자세와 자신이 맡은 업무만은 최선을 다해 책임지려는 직원이 있다. 짧게 본다면 두 사람의 연봉 차이는 없을 것이다. 하지만 몇 년이 되지 않아 더 많은 연봉을 얻고 승진하는 사람은 후자일 것이다.

사원의 헌신은 기업에게도 큰 이익이지만, 사원 개인의 역량에도 도움 된다. 일하는 방식은 마음먹는다고 하루아침에 바뀌지 않는다. 사는 방식, 일하는 방식, 사고방식도 결국 매일의 노력이 쌓인 습관이기 때문이다. 퇴직과 이직을 반복해도 기존 직장에서 좋은 평가를 받은 사람이 다른 직장에서도 인정받는다.

미국과 유럽의 경우 노동시장이 한국보다 유연하고 재취업할 기회가 상대적으로 많다. 이들은 경력직 사원을 채용할 때 전 직장의 상사나 대표이사의 추천서를 매우 중요한 기준으로 삼는다. 추천서를 남발하거나 옛정에 얽매어 입에 발린 소리로 추천하면 당연히 해당 기업에 대한 신뢰도가 떨어지고 재취업의 기회까지 없어지기 때문에 신중히 작성한다.

물론 1997년 구제금융(IMF 사태) 이후 평생직장이 없어졌고, 회사의 경영이 어려워지면 수십 년 헌신했던 직원을 하루아침에 정리해고 한다. 30년 피땀 흘려 일군 회사에서 소모품처럼 버려지는 관행이 많아지니 회사에 대한 충실성을 요구하기 어렵다는 의견도 일리가 있다. 하지만 불행히도 경영 여건이 악화되었을 때 정리해고 대상 0순위는 일상에서 실적이나 조직 결속 등 모든 영역에서 존재 가치가 없는 직원이 된다.

직원의 임금과 관련해서 흥미로운 연구 보고가 있다. 미국 주요 기업의 화이트컬러에 대한 수많은 연구에 따르면 회사에 대한 충성도나 만족도는 '연봉'이 다가 아니었다. 연구에 따르면 임금은 불만을 불러오는 위생요인(衛生要因, hygiene factor)은 될 수 있지만 동기요인은 아니었다. 즉 임금이 낮으면 회사에 대한 불만이 생길 수 있지만, 임금이 높다고 회사에 대한 애착이나 충성심이 높아지는 것은 아니었다.

연구자들은 응답자에게 더 구체적으로 물었다. 그들은 자신의 의견이 회사 경영에 반영될 수 있는지, 자신의 업무 활동이 공정하게 평가받고 있는지, 혹은 자신의 제안에 대한 피드백이 온전히 돌아오는지에 대한 것을 더욱 중요하게 여겼다. 특히 자신이 노력해 이룬 성과를 파트의 임직원이 가로채거나 뒤통수 맞았다고 느껴질 땐 연봉의 액수와 관련 없이 회사를 떠나고 싶다고 말했다.

반대로 직원의 업무 역량을 소문이나 상급자의 일방적 평가에 의존하지 않고 인사책임자가 와서 직접 객관지표로 보여 주는 투명성 높은 회사에선 월급이 적어도 더 오래 일하고 싶다는 의사를 밝혔다. 성취감과 소속감을 통해 직원은 회사를 '우리 회사'로 받아들인다. 조직원에게 동기를 부여하고 좋은 기업 문화를 만들기 위한 오너들의 노력 역시 중요하다.

수십 년 일가(一家)를 이룬 오너의 눈엔 사소한 것이 크게 들어오고, 임원의 보고 방식에서 치명적인 위험을 감지하곤 한다.

내 경험으로 이는 꼼꼼한 성격의 문제가 아니라 책임성에 따른 시야의 문제다. 삼성과 같은 대기업이든, 직원 10명 내외의 작은 기업이든 대표이사가 구체적인 현황을 모르는 경우는 없다. 다만 대기업의 경우 심중한 전략적 과제에 집중할 뿐이다.

20년 전의 한국의 CEO들은 잔소리를 입에 달고 살았다. 임원회의에서 걸리는 내용이 있으면 오너는 디테일한 영역을 꼬치꼬치 묻고 현실적인 복안이 없으면 쉰소리를 치며 혼을 내곤 했다. 물론 생산적인 비판과 잔소리는 그 결이 다르다. 잔소리는 습관적이며 즉흥적인 것이고, 비판은 전략적이며 목적의식이 분명하다. 나 또한 잔소리를 줄이려 무던히 애를 쓰고 있다. 기업의 문화와 인사, 시스템으로만이 해결할 수 있는 영역이 대부분이라는 것을 체험했기 때문이다.

조선소에서 끔찍한 안전사고가 발생하는 경우 90% 이상은 본인의 안전 규정 미준수와 서두름에서 비롯한다. 전날 잠을 거의 자지 못한 상태에서 근로자가 30m 높이의 현장에 올랐다거나, 현장 감독관이 숙취 상태로 출근해 사고가 나면 기업이 재발 방지를 위해 할 수 있는 것이 무엇일까? 음주 측정? 혹은 체크리스트? 정신교육? 모두 미봉책이다. 이것은 잔소리로 해결될 수 없는 성질의 것이다. 기업 문화와 작업 기풍의 문제이기

무사고 3,965일 기념으로 받은 상패

무사고 현황판

때문이다.

최근 1년간 나는 잔소리 대신 사람을 키우는 데 힘을 쏟고 있다. 내가 눈에 뻔히 보이는 사안에 대해 잔소리를 하지 않을 때 내 몫까지 챙기며 더 철저하게 지휘 감독하는 임원이 있고, 순리대로 알아서 업무를 완성하는 직원이 있다. 나는 이들에게 뜨거운 감동과 고마움을 느끼곤 한다. 팀워크를 만들기 위해 먼저 몸을 들이밀며 헌신하는 팀장급 직원을 보면 그렇게 기분이 좋을 수가 없다.

물론 반대의 경우도 있다. 나는 책을 즐겨 읽는 현장 직원을 알고 있는데, 이 직원을 모범 사원으로 추켜세운 적이 있다. 큰 관심이 생겼기에 주목했는데 현장에서의 모습은 무척이나 실망스러웠다. 그는 불평불만을 입에 달고 살았고 동료와는 전혀 어울리지 않았다. 그의 관심은 현장의 노동에 있지 않았고 퇴근 후의 일상에만 집중되어 있었다. 당연히 주변 동료들의 평가가 좋지 않았고, 함께 일하는 것을 어려워했다. 결국 이 친구는 회사를 떠났다. 나는 결국 잘못된 칭찬을 통해 옳지 않은 모범을 발굴한 셈이다.

십여 년 전에 근속 연차가 꽤 있음에도 상대적으로 적게 연봉을 받는 여사원이 눈에 들어왔다. 의아한 마음에 이 친구의 회사 생활에 관심을 두었다. 하지만 시간을 들여 주목한 결과는 실망스러웠다. 무엇보다 이 사원은 지각이 잦았고 시간관념이 없었다. 회사에 대한 애사심 또한 느끼기가 어려웠다. 안타까웠다. 그녀는 자신의 연봉이 다른 직원보다 낮다는 것을 알고 있을까. 무엇보다 그 이유를 정확히 알까 하는 생각이 들었다. 관리자 역시 그 사원의 급여를 주는 것이 흔쾌하진 않았을 것이다.

사무실에 손님이나 고객이 찾아오면 나는 늘 깍듯이 인사하고 차나 음료를 대접한다. 이분들이 사무실을 나갈 땐 문까지 열어서 배웅하는 것이 습관이 되었다. 그런데 마침 내가 사무실에 없거나 서류 준비로 분주할 때가 있다. 손님을 맞은 직원이 알아서 접대하면 좋으련만, 그저 기다리라고만 한다. "손님이 오셨으면 차 한 잔 건네지 그랬나?" 묻고 싶지만 "내가 커피 타려고 입사한 건 아니잖아?"라고 생각하지 않을까 우려된다.

요즘 같은 불황기에 간접 인원을 채용하는 것도 사치이기에 대표 사무실엔 인력 여유가 없다. 손님을 기분 좋게 맞고 예의를 갖추는 것은 꼭 무슨 직급이나 임무가 정해져 있기 때문만은 아니다. 그저 사람 대하는 도리일 뿐이다.

매달 적자를 감수하며 직원 급여를 주기 위해 은행 대출창구 의자에 앉아 기다릴 때면 가족의 얼굴과 직원들 얼굴이 하나둘 스쳐 간다. 지금의 헌신이 값지다고 느끼게 하는 직원의 얼굴이 있고, 한숨이 나오는 직원도 있다. 회사에 애사심이 없고 하루하루 시간을 흘려보내는 이도 있기 마련이다. 3년 넘게 이어진 조선업의 불황에 여기저기 폐업과 도산의 소문으로 흉흉하다. 적어도 내 식구를 건사하기 위해 대표이사가 어떤 생활을 하고 있는지는 함께 공감했으면 좋겠다.

내가 말단 직원이었을 때 월급을 받으면 동료들과 농담으로 "이번 달 욕 값이야."라고 말하곤 했다. 워낙 독한 상사들 밑에서 뒤치다꺼리하며 매일 표독한 욕설을 들었기에 하는 소리였다. 예전 부모님들은 대기업에서 일하면 돈도 비교적 편하게 번다고 생각하곤 했다. 하지만 매일 아침 출근이 두렵고 공황장애를 앓을 만큼 끔찍한 시절을 자식이 견뎠다는 것은 잘 모르시는 것 같다. 다음 날 동이 트도록 진탕 마시고 싶은 절망의 밤이 많았다.

그 시절엔 상사가 무서웠다. 그리고 지금은 십수 년을 나와 함께한 직원들이 혹여 느낄 절망이 두렵다. 부모님과 아내, 자식들 앞에 당당했던 그들을 지켜 주고 싶다.

다만 계속되는 불면의 밤, 나의 그늘도 그들과 나누고 싶을 따름이다.

화물선

시련의 효용

작년, 그러니까 2019년 8월의 거제는 거대한 전자레인지 속에 있었다. 8월 중순까지 최고기온 30℃ 미만으로 떨어진 날이 없었고, 13, 14일엔 연일 35℃를 경신했다.

하계휴가를 마치고 왔음에도 온 땅이 달아올라 밤에도 식을 줄 몰랐다. 모기 주둥이가 비틀어진다는 처서가 목전임에도 더위는 영원할 것 같았다. 강판으로 된 작업 현장에 달걀을 깨뜨리면 바로 익었다.

한낮 열을 받아 한껏 달구어진 철판 속에서 가죽으로 된 용접작업복을 입고 일하는 작업자들을 보면 먹먹해져 저절로 고개를 숙이게 된다. 이곳 거제 조선소에는 외국인 노동자는 물론이고 주부 노동자도 많다. 대도시에만 사람이 몰리고 일자리가 없다고 아우성치는데, 제조업종엔 대부분이 외국인 노동자다. 심지어 인력난을 겪고 있는 현장도 많다. 일자리가 없다는 말은 정규직 화이트컬러 직종으로 한정하는 이야기가 아닌가 싶다.

해외의 선주에게 가기 위해 도크에서 대양으로 항진하는 선박들은 모두 이런 불볕의 시련을 이겨 낸 노동자의 손으로 만들어진 것이다. 역사가 이들을 모두 기록하진 않겠지만, 예전 중동의 한국인 건설 노동자, 파독 광부들처럼 21세기 한국의 거제 조선 노동자의 투혼에 대해선 응당한 평가를 할 것이다.

혹서기가 이어지면 점심시간도 30분에서 1시간을 더 쓴다. 하지만 최근에는 오후 2시까지 휴식을 연장해도 철판 속으로 들어가면 기절할 정도의 온도라 일을 온전히 할 수 없을 지경이 되었다. 작업장엔 유독가스가 있어 방독마스크를 착용해야 하고, 청력 보존을 위해 귀마개도 착용해야 한다. 여기에 안전모는 기본이다. 이런 상태에선 누가 누구인지 분간도 어렵다. 현장에선 인사하는 것도 사치다. 푸른 하늘이 선사하는 서늘한 바람이 얼마나 간절한지는 거제 조선소에 오면 더 크게 느끼게 된다.

매운 계절을 견뎌 조금씩 내부의 기관을 완성해 가는 일이야말로 내 밥벌이의 근원이고, 내 삶의 가치이다. 지금은 생각하기도 끔찍한 사건을 겪기도 했다. 한번은 우리 회사 작업자의 실수로 선박 일부가 바다에 침수된 일이 있었다. 배 안에 각종 주요 장비를 설치하는 것이 우리 회사의 일이다. 장비 파손과 복구까지 비용은 물론이고 엄청난 시간과 노력을 다시 투여해야 했다. 이 사건으로 나는 관련 작업자와 책임자에게 3개월 임금 삭감이라는 징계를 내렸다.

물론 배의 침수 사고에 이 정도의 징계를 내리는 건 처벌에 속한다고 볼 수도 없다. 삭감한 임금마저도 몇 달이 지나기 전에 돌려주었다. 큰 사고에 내가 이런 경징계를 내린 이유는 사고의 원인이 단순한 업무 태만에 있지 않았기 때문이다. 물론 안전 관리의 엄격성 측면에선 논할 것이 많지만, 그들은 누구보다 성실했던 직원이었고 한순간의 판단 착오로 큰 실수를 한 것이다. 큰 실수 한 번으로 해고하면 해당 업종에서 그들은 더 성장할 수 없다. 그 사건은 그들은 물론 회사 전체에 큰 긴장감과 경각심을 주었다. 때로 시련은 교훈으로 남기도 한다.

내 고향 문경은 겨울엔 눈이 많이 왔고 바람이 매서웠다. 약 20년 전에 거제의 동백나무 한 그루를 구해 고향집 화단에 옮겨 심었다. 봄에 심어 가을까지는 잘 커 주었으나 겨울이 되자

대한민국 국가의
운명걸머지고
담을걷는 몸종
선합니다
2008
서귀포
왈종

이왈종 화백

이왈종 화백께서 자신의 도록에 내가 배 만드는 광경을 그려 주셨다.

꽃망울까지 얼어 검은색을 띠며 시들했다. 나는 혹한에 시달린 나무가 곧 죽겠다고 생각하고 있었다.

하지만 그해를 난 동백은 해를 거듭하며 변화에 적응해 갔다. 그리고 지금은 풍진세상 자수성가한 가장의 모습으로 늠름하게 뿌리를 내리고 푸른빛을 발산하고 있다. 동백은 이른 봄에 꽃을 피워 몇 개월간 가족들의 눈을 즐겁게 해 주었다. 거제의 따뜻한 겨울에서 크던 동백이 문경의 겨울을 이겨 낸 것을 보고 뿌듯하기도 하고, 참 잘 심었다고 생각했다.

25년 전 선산에 심어 놓은 고로쇠도 씨앗이 풍부해 많은 묘목이 자랐다. 단풍나무도 작은 묘목들을 심었지만 지금은 산에서 중요한 세력을 형성할 만큼 붉다. 고로쇠나무는 처음 심을 땐 부지깽이처럼 말랑거렸지만 지금은 아름드리 굵은 허벅지를 자랑한다. 부모님이 이른 봄에 고로쇠 물을 받아 즐기시는 모습을 보면 마음이 좋다.

집에 밤나무도 두 그루 심었는데 가을이면 밤을 따는 재미가 쏠쏠하다고 하신다. 산에서 가지치기를 할 때마다 흐뭇함에 미소가 절로 피어오른다. 나는 이들의 생명력에 감탄하고 해가 지나 뚜렷하게 자신의 영지를 구축한 그들을 보며 나를 돌아보곤 한다.

거제에서 고향 가는 길은 대략 3시간 반이 소요된다. 운전하기엔 야간이 차량 흐름이 좋지만, 나는 낮에 고향으로 간다. 낮에 가야 고향의 풍광을 만끽하며 젊은 시절의 영상들이 하나씩 떠오르기 때문이다. 고향이 가까워지면 주변 경치를 확인하고 과거를 회상하기 위해 운전대는 아내에게 맡긴다. 고향은 내가 더 강인하고 가치 있게 살아야 하는 이유가 되었다. 춥고 배고프고 가진 것 없었던 시절을 잊지 않으려 한다. 고향에 갈 때마다 나는 조금씩 더 단단해지는 느낌을 받아 오곤 했다.

우린 흔히 자식을 온실 속의 화초처럼 귀하게만 키우면 안 된다고 말한다. 온실 안에선 생장에 필요한 모든 것이 제공된다. 적절한 햇볕과 물과 비료, 온도까지. 여름에 밖으로 내놓았던 화초들이 늦가을 찬바람에 죽는 이유가 여기에 있다. 바위틈에서 자생한 식물은 비가 오랫동안 오지 않아도 견딘다. 일교차에서 발생한 이슬을 가둬 먹고 땅에 맺힌 수분마저 알뜰하게 챙겨 저장하기 때문이다. 심지어 꽃잎을 말아 이슬을 모으는 화초도 많다.

난을 오랫동안 배양해 온 나에게 지인들은 난을 키우는 고충을 이야기한다. 가장 많은 질문이 집 거실이나 사무실에서 키우는 난이 쉽게 죽는다는 이야기다. 대부분은 물은 충분히 주지만 통풍이 되지 않아 뿌리에 습기가 차고 곰팡이가 끼어 서서히 죽어 가는 경우다. 그래서 난은 볕이 들고 통풍이 잘되는 베란다에서 키워야 한다. 겨울에도 약 2개월간은 영상 2도 정도의 온도에서 휴면을 시켜 줘야 내성이 강해진다. 뿌리나 구경이 튼튼해진 난은 봄에 새 촉을 강하게 밀어 올리고 꽃도 피운다. 사람 손을 탄다는 난조차도 계절을 온전히 주어야 죽지 않고 큰다.

최근 집 앞의 득봉산에 올랐는데 8부 능선에서 자생란이 튼튼하게 자라는 것을 보았다. 볕도 들고 통풍도 잘되는 이상적인 곳이었다. 이것을 보고 나는 집의 난실에서 생기가 없거나 비실거리는 놈들을 이곳에 심어 활력을 주고 다시 집으로 들일까 하는 생각도 해 보았다. 하지만 난을 뜯어 먹는 야생동물이 있고 채집가들이 있어 쉽게 결단은 못하고 있다. 산의 경사면에서 자취를 감추고 겨울을 잘 버틴 이 난들도 결국 봄이 되자 고라니나 토끼들에게 잎이 죄다 먹히고 말았다. 안타까웠지만 이 또한 야생의 섭리라고 생각하며 하산했다.

몇 년째 이어지던 조선업 불황이 이제 조금씩 풀린다고 하지만 선박에 따라 편차가 많은 편이다. 우리 회사 역시 매년 올해를 반드시 넘기자는 마음으로 안간힘을 쓰고 있다. 매년 불어

가는 대출원금과 이자에 회사의 순이익이 채무상환을 따라가지 못하는 불황이 계속되고 있다. 다만 나는 이 시련이 나와 회사를 더욱 단단하게 단련하고 성장시킬 것이라 믿는다. 불볕더위와 혹한 속에서 배 위에 떨군 땀방울의 무게가 결코 가볍지 않기 때문이다.

동백
고향집에 옮겨 심은
동백

증오의 수레바퀴

군 시절 이야기다. 졸병 때 4기수 위의 선임병 2명이 있었다. 그들은 잊을 만하면 만취한 상태로 외출에서 돌아와 후임들을 깨워 옥상으로 불렀다. 엎드려뻗쳐를 시킨 뒤 미리 물에 담가 놓은 각목을 사정없이 휘둘렀다. 훈련과 작업에 내무반 생활까지 살벌했던 시절, 오로지 잠만이 유일한 휴식이었는데 그들은 이것마저 허용하지 않았다.

내무반의 모든 후임이 고통받아야 직성이 풀렸고, 늘 포식자의 눈빛을 드러내며 병사들의 고통을 즐겼다. 한번은 이 각목을 막다 팔까지 부러진 병사도 있었다. 한 명은 고향이 부산이었고, 또 한 명은 울진이었다. 지금도 그들의 얼굴과 출신을 기억하고 있는 이유는 그들의 유별난 잔혹함과 이를 즐기는 표정을 잊지 못하기 때문이다.

"거꾸로 매달아도 국방부 시계는 돌아간다."고 했다. 세월이
흘러 우리 기수가 한둘씩 늘어 5명까지 붙었다. 그리고 그들 둘
이 전역을 앞두고 있을 때 우린 작전에 들어갔다. 전역하는 날
손을 보자고 결심한 것이다. 우린 그들이 번들거리는 전투화를
신고 전역신고를 할 때까지 기다렸다. 그리고 그들이 건물을 벗
어나는 순간, 이들의 양쪽 겨드랑이를 억세게 잡고 마치 경호하
는 것처럼 병영을 벗어났다. 계급장을 뗀 그들은 자신들이 언제
잔인한 늑대처럼 군림했냐는 듯 겁먹은 강아지처럼 낑낑거렸
고 마음이 약해진 우린 끝내 실행에 옮기지 못했다.

지금은 현역이 제대하면 예비군 마크만 달지만, 그땐 전역하
는 날 예비군복을 따로 지급했다. 그런데 예비군복을 포장조차
하지 않고 옆구리에 끼고 다급히 나오는 그들이 왠지 애처로워
보였다. 자비심이랄까, 악한 자가 약한 자가 된 상황에 대한 허
망함이랄까. 우린 계획을 슬그머니 접었다. 당시 폭력이 암묵
적으로 용인되었기에 물론 해볼 만했다.

만약 우리가 그들을 인근 야산으로 끌고 가 지금까지 맞은 것
만큼 때렸다면 어찌되었을까? 아무 일 없이 끝났을 수도 있다.
하지만 최악의 경우 그들은 경찰이나 헌병에 고발했을 것이고

우린 민간인 구타, 특수폭행상해 등으로 군 교도소에서 몇 개월을 살아야 했을 것이다. 물론 그들은 자신들이 지금까지 저지른 죄과가 너무 많아 엄두도 못 냈을 수도 있다. 왜 군에서의 가혹 행위와 구타는 암묵적으로 용인되고, 그들에 대한 응징은 불법이 되어야 하는지 그 당시에는 울분이 있었다.

하지만 결국 복수심을 내려놓는 순간, 나는 저렇게 살지 말아야지 하는 자존감이 솟았다. 적어도 나는 저들과는 다른 인간형이며 더 고귀하게 살아갈 수 있는 인간이라는 자각 말이다. 지금 돌아보면 그날 그들의 겁에 질린 눈빛을 보고 생긴 감정이 '연민'이 아니었을까 생각된다. 기껏 사병에게 짬밥으로 주어지는 계급장으로 후임들을 지배했던 그들의 가슴에서 계급장이 떨어지는 순간 그들은 아무것도 아니었다.

하지만 사회에 나와서도 기업 역시 병영과 같은 구조로 굴러가고 있음을 깨달았다. 기업과 기업 간의 거래에서 '갑질'이 없는 경우가 없고, 을에게 일방적 희생을 강요했던 계약 담당자가 승승장구하는 것을 보았다. 나에게 슈퍼 갑이었던 그는 회사 사장이라는 또 다른 갑을 모시고 있었고, 그의 갑질은 결국 그의 갑으로부터 보상받는 구조였다.

회사 생활을 하면서도 지독한 상사 때문에 곤욕을 치른 적이 많았다. 명절이면 부부 동반으로 찾아가 인사를 올리고 손주들 돌까지 챙겨 가며 경조사를 치러야 했다. 해외 출장을 다녀올 때 값나가는 선물을 가져오지 않으면 다음번 해외 출장 명단에선 배제되었다. 아랫사람들이 모두 마음속으로 성토하고 있었지만 그는 우리의 예상과는 달리 늘 승진하며 5년을 버텼다.

젊은 시절엔 인과응보, 권선징악, 새옹지마와 같은 고사성어가 참으로 공허하게만 들렸다. 사람의 성공과 심판은 선행이나 악행과 상관없이 이루어지는 것으로 보였다. 예수께서는 "내가 너희를 사랑한 것처럼 너희도 서로 사랑하라."고 하셨고, "네 왼쪽 뺨을 때리거든 오른쪽 뺨도 내주어라."라고 하셨다. 나는 한때 이 말씀을 진지하게 고민했다. 예수께선 성인이니 저런 일이 가능하겠지만, 나와 같은 보통 사람이 어찌 저리 살 수 있을까. 감히 범접하기 어려운 경지다.

조선업계엔 아직도 과거 건설업계의 낙후된 관행이 남아 있다. 대표적인 것이 선주가 계약금 20%만 지급한 후 배가 완성되어 인도되어야 나머지를 주는 관행이다. 이런 방식이면 대부분의 조선회사가 '자금 돌려막기'를 할 수밖에 없다. 돌려막기로 배를 만들면 당연히 제품의 질은 하락할 수밖에 없다. 정상적인 방식은 건조 진행률에 따라 주는 것이다. 심지어 드릴십과 같은 원유시추선의 경우, 이번 코로나 파동으로 국제유가가 하락하자 의뢰사에서 인수하지 않고 있어 대여섯 척이 묶여 있다.

대기업에 다니던 시절 지독하게 굴었던 상급자나, 회사를 경영할 때 질릴 정도로 갑질을 했던 이를 이미 용서했다고 생각했지만, 불쑥불쑥 머릿속에 튀어나와 마음을 거칠게 휘몰아칠 때가 있다. 한 번 떠오른 생각은 쉽사리 사라지지 않고 며칠을 가기도 했다. 특히 회사가 어려워지면 내가 지금 이렇게 힘든 건 우리 회사의 등에 빨대를 꽂아 착복했던 그들 때문이 아닌가 하는 생각도 들 지경이었다.

"맞은 놈은 발 뻗고 자도 때린 놈은 발 뻗고 못 잔다."는 옛말이 있다. 우리 조상의 심정은 그리도 유순했나 보다. 하지만 정설은 "가해자는 쉽게 잊고 피해자는 영원히 상처로 기억한다."는 말 아닐까. 이런 나쁜 생각은 마음은 물론 몸도 상하게 했다. 잊으려 해도 잊히지 않는 것. 용서했는데 계속 생각나는 것. 결국 이것이 자신을 괴롭히는 일이다. 원수를 계속 증오하면 그 증오심이 자신의 영혼과 육신을 불태워 버린다. 그이에게 남은 증오심은 엉뚱한 대상으로 번지고 때로 걷잡을 수 없는 폭풍 속에 자신을 방치하게 된다.

한번은 교육을 받는 중에 "가장 사랑하는 사람 혹은 가장 미워하는 사람의 이름을 적어 보라."고 강사가 요청했다. 사람의 이름을 적으려는데, 막상 가장 미워하는 사람이 안 떠올랐다. 이미 지난 일이고 용서했다고 생각했기 때문일까. 원망해도 소용없는 일이 많다. 오히려 그들과는 다른 삶의 방식으로 사는 것, 그 인간 때문에 나는 더욱 강해졌다고 생각하는 것도 도움이 된다.

한 시인은 이렇게 말했다.

"신이 인간에게 허락하지 않은 유일한 선물이 있다면, 타인의 고통에 대한 공감하지 못하는 것이다."

끝내 자기 본위로 살 수밖에 없는 인간에 대한 슬픔을 표현한 말이다.

하지만 나는 이렇게도 생각해 본다. 신이 우리에게 선사한 선물은 "인간은 누구나 단 한 번 살고 결국 죽으며 떠날 땐 아무것도 가지고 갈 수 없다."는 사실이다. 모든 것이 소멸하는 순간까지 손에 꽉 쥐어야 할 그 무엇이 있을까.

PART 3

행복의 통로

특별하지 않지만

내가 행복을 얻는 통로는 몸에 있을 것이다.

왜냐면 동일한 조건과 상황에서 행복감을 느끼는 이가 있고,

불행한 상상에 빠진 사람이 있기 때문이다.

행복의 질료는 세상 천지에 널렸지만

행복감을 느끼는 감각은 오직 자신만이 개발할 수 있다.

포스트 코비드

2019년 12월, 중국 후베이성 우한에서 원인 모를 집단 발병이 있었다. 당시엔 세계보건기구는 물론 누구도 이 바이러스가 세계의 질서를 재편하고 인류 삶의 방식을 바꿀 것이라곤 생각하지 못했다. 하지만 이 팬데믹은 2020년 7월 현재 세계 인구 1,300만 명을 감염시켰고 60만 명을 죽였다. 한국에서도 1만 3천 명이 넘는 확진자가 나왔고 293명이 사망했다. 의료장비와 식료품은 전략물자로 통제되었고 국경이 닫히고 유통도 중단되었다.

미·중이 대결하는 신 냉전체제가 형성되고 있다. 무역의 자유를 기치로 들었던 WTO 체제 역시 맥을 못 추고 있다. 아제베두 사무총장은 미국의 일방주의에 더는 자신의 역할을 찾지 못해 결국 중도 사임하고 말았다. 제3세계에 의존했던 전통적인 제조업도 자국으로 복귀 중이다. 군사력 경쟁에 더해 자국의 식량과 의료 역량을 무기화하는 작업도 진행 중이다. 팬데믹 기간 중 베트남이 쌀 수출을 금지하자 며칠 사이에 쌀값이 급등했다.

학자들은 인류는 앞으로도 영원히 코로나 이전의 시절로 돌아갈 수 없으리라 전망한다. 이 바이러스는 영악하다. 감염 속도가 빠르고 숙주의 몸에 들어가면 초기 잠복 기간 동안 엄청난 양의 바이러스를 만들어 낸다. 게다가 변이 속도도 빨라 백신이 개발되어도 무용지물이 될 수 있다. 결국 감기와 같이 함께 살 수밖에 없는데, 문제는 치사율이다. 최근 인문학과 경제학의 가장 큰 화두가 바로 '코로나 이후의 세계', 즉 포스트 코로나(Post Covid-19)다.

술잔 돌리기는 이미 사라졌다. 악수 문화도 점차 종식될 것이고, 접촉식 만남 또한 급격하게 줄어들 것이 분명하다. 결국 사회적 거리 두기와 같은 비접촉 소통과 비대면 거래가 미래의 시장을 좌우하리라 전망할 수 있다. 접촉을 뜻하는 콘택트(Contact)의 반대말로 언택트(Untact)라는 신조어가 생긴 지 얼마 되지 않았지만, 벌써 언택트 마케팅은 시장경제의 주류가 되었다. 결국 온라인과 원격, 사물인터넷 등의 기술이 4차 산업혁명을 더욱 가파르게 견인할 것이라는 전망이다.

미래의 일자리 또한 사람을 만나지 않고도 일할 수 있는 화이트컬러 전문기술직, 원격기술자, 인터넷 서비스 등이 각광받고 바이오 영역과 융합한 의료 영역 또한 커질 것이다. 북유럽에서 실험했던 기본소득에 대한 논의도 빼놓을 수 없다. 4차 산업혁명 시대 많은 종류의 일자리를 기계나 시스템이 대체할 것이고, 만성화된 실업은 상품을 소비할 수 있는 구매력도 없애기 때문이다. 미래의 자본주의를 연구하는 학자들은 이 생산과 소비의 선순환을 어떻게 유지할 수 있을까를 고민하고 있다. 이 흐름이 디스토피아로 우릴 인도할지, 유토피아를 펼칠지는 누구도 장담할 수 없다.

하지만 정작 중요한 문제는 자본의 성장 전략이 아니라 인류의 생존 방식에 대한 근원적 성찰이다. 지구상에서 다른 종(種)을 깡그리 절멸시키며 자기 종을 수백 배 불려 온 유일한 동물이 바로 인간이다. 코로나바이러스 역시 과일박쥐에서 가축, 가축에서 인간으로 전염되었을 것이라는 게 가장 유력한 추정이다. 사스(SARS)나 메르스(MERS) 역시 마찬가지였다. 무차별적인 벌목으로 근거지를 잃어버린 박쥐들이 사람의 생활 영역으로 들어오며 발생한 병이다. 사람이 가축을 길들이고 집단 사육하면서부터 바이러스가 종(種)을 뛰어넘기 시작한 것이다.

스페인 독감은 1918년에 발병해서 2,000만 명 이상의 인구를 사망케 했지만 아직도 종식되지 않고 있다. 아프리카돼지열병 또한 원래는 사하라 이남의 아프리카의 멧돼지에게 발생하던 풍토병일 뿐이었다. 인간이 이들의 영역을 침입했기에 인간이 사육하는 돼지들이 떼죽음을 당한다. 이 병을 퇴치하는 데만 30년이 걸렸지만 우리나라에서도 다시 발병했다. 비무장지대에서 근무하는 군인들이 북에서 넘어오는 멧돼지를 잡기 위해 군사작전을 하듯 사냥해야 했다.

현생인류인 사피엔스가 대륙에 정착할 때마다 다른 종을 절멸시키며 최상위포식자의 지위를 구축했다. 하지만 지금에 와서는 머지않은 날 자신의 멸종을 고민해야 하는 처지가 되었다. 인류 멸종의 가장 중요한 요인은 지구온난화다. 지구의 온도가 지금보다 2°C 더 오르면 빙산이 붕괴하고 4억 명 이상이 물 부족으로 고통받는다.

3°C 오르면 폭염 기간이 지금보다 5배 길어진다. 유럽은 영구적 가뭄에 시달리고 고열로 인한 사망자가 해마다 1억 5천 만명이 발생한다. 과학자들은 지금과 같은 추세라면 80년 뒤 지구의 지표 온도는 4.5°C 상승할 것이고 전 지구적 식량 위기와 물 부족, 폭염으로 인류는 멸종 단계로 진입하리라 전망한다.

2018년, 미래과학에 관해 가장 권위 있는 잡지로 인정받는 『MIT 테크놀러지 리뷰(MIT Technology Review)』는 인류에게 남은 시간은 30년인데, 실제 에너지 기술혁명은 400년 후에나 이루어질 것이라고 예상했다.

혹자들은 인류는 늘 그러했듯 이 문제 역시 해결할 것이라고 믿는다. 크리스토퍼 놀란 감독은 영화 〈인터스텔라〉를 통해 지구의 최후를 그렸지만 또 다른 희망을 부여한다. 중력방정식을 해결해 우주에 인류의 거점기지를 완성한다는 것. 영화의 메시지는 "우린 답을 찾을 것이다. 늘 그랬듯이"다. 하지만 사실을 따지면 기후재앙에 대해 인류는 단 한 번도 주목하지 않았고 답을 찾아낸 적도 없다. 유일한 방법이 현재의 UN보다 더욱 강력한 지도기관이 탄생해 탄소 배출을 줄이고 지구의 온도를 관리하는 것이다.

인류 진화의 역사는 200년 전까지만 해도 성공적인 것으로 보였지만, 이제는 엄청난 실패로 판명되고 있다. 돌이킬 수 없기에 더욱더. 포스트 코로나 시대에 정작 중요한 화두는 '환경'과 '지구촌의 연대'가 되어야 하지 않을까. 다른 종의 절멸에는 유능했던 '사피엔스'가 막상 자신의 종말 앞에선 아무런 조치도 취하지 않아 멸종한다면, 살아남은 바퀴벌레가 웃을 일 아닌가.

녹색의 진화

오랜 추위나 가뭄에 싹이 다 말라 죽은 것처럼 보이는 나무가 얼마 지나지 않아 생명력을 회복하는 것을 보면 놀랍기만 하다. 암반이나 콘크리트에 뿌리를 내린 소나무나 담쟁이를 보면 조경수보다 강인하게 자란다. 이스라엘에선 고고학 발굴팀이 과거 유대인의 곡물 저장고에서 2천 년 정도 지난 종려나무 씨앗을 발견했다. 전문팀이 씨앗을 뜨거운 물에 적시고 약간의 비료를 주자 놀랍게도 6주 만에 씨앗에 싹이 텄다.

이런 믿기 어려운 일이 우리나라에도 있었다. 경남 함안의 성산산성에서 고려 시대의 아라홍련(연꽃)의 씨앗이 발견되었는데 700년 만에 꽃을 피우는 데 성공한 것이다. 중국에선 1200년도 더 된 연꽃 씨가 싹을 틔운 적이 있고, 2차 대전 당시 영국에선 자연사박물관의 불을 끄기 위해 뿌린 물로 500년 된 씨앗이 발아한 적도 있다.

죽은 듯 보였던 씨앗은 사실 자신의 생명을 보전하기 위해 모든 기능을 정지하고 동면에 들어간 것이었다. 이런 놀라운 생명의 적응력과 진화 전략은 인류는 물론 동물과 곤충 등 모든 생물체의 능력을 뛰어넘는 것이다. 움직일 수 없기에 오랜 세월 환경 변화를 견뎌 자랄 수 있도록 자신을 바꾸었고 곤충과 동물, 바람과 비와 강, 바다까지 이용하는 번식 전략으로 진화했다. 식물의 진화 전략을 다룬 EBS의 다큐멘터리 제목이 〈녹색동물〉인데, 타이틀이 참으로 절묘하다.

호주 해변의 문주란은 해마다 7월이면 열매를 부풀려 해변으로 떨군다. 파도가 이 문주란 열매를 삼키면 열매는 풍선처럼 바위에 떠서 태평양을 건넌다. 놀랍게도 이 씨앗은 제주도의 해변에 올라와 다시 꽃을 피운다. 수만 년간 태평양의 조류까지 모두 읽어 왔던 문주란의 진화 결과다.

산불이 나야 번식에 성공하는 식물도 있다. 쉬오크나 뱅크스 소나무의 열매는 섭씨 200°C가 넘어야 비로소 자신의 씨앗을 터뜨린다. 산불이 열매를 터뜨리면 씨앗은 건기의 상승기류를 이용해 창공을 날아 더 멀리 번식한다. 타 버린 경쟁자의 시신은 이들이 자랄 수 있는 훌륭한 토양이다. 그늘이 없기에 홀로 햇볕을 얻으며 광합성을 한다.

이보다 더 차별적인 전략을 가진 식물도 있다. 주변 식물과 경쟁해선 이길 수 없다고 판단한 식물이 선택한 전략이 바로 기다림이다. 우리나라에서 흔히 볼 수 있는 겨우살이는 겨울에 열매를 낸다. 자신의 열매가 새들에게 인기 없는 것을 알기에 일부러 다른 꽃과 과실이 자라지 않는 겨울에 열매를 맺어 경쟁우위를 획득하는 것이다. 겨우살이의 열매는 끈끈이 액으로 가득 차 있다. 이 때문에 겨우살이 열매를 먹은 새의 똥은 항문에 길게 매달려 흔들린다. 겨울바람에 흔들리던 새똥이 나뭇가지에 붙으면 그곳이 바로 씨앗의 번식점이 된다.

수만 년간 열등했던 이 식물들은 자신의 약점을 극복하기 위해 남보다 더 긴 시간을 버티거나 더 혹독한 환경에서 열매를 맺는다. 오뉴월 녹음 속에서 보면 죽은 듯 보이지만, 길고 긴 세월의 관점에서 보면 이들은 독창적인 전략으로 번식에 성공한다.

일부러 불을 내서 경쟁자를 모두 죽여 버리는 식물도 있다. 바로 시스투스다. 북아프리카나 중동 등에서 볼 수 있는 시스투스는 주변에 잡초가 자라 경쟁이 치열해지면 휘발성 오일을 내

뱉는다. 이 오일은 발화점이 낮아 강한 햇볕에도 쉽게 불을 낼 수 있다. 시스투스는 발화를 결심하기 전에 불에 잘 견디는 씨앗을 몸 안에 숨긴 채 자결한다. 결국 자신의 씨앗만 남기고 자신과 주변 모두를 태워 버린다. 이 씨앗은 알칼리성 토양에서 더 잘 자라는데, 잡초들이 불탄 토양이 안성맞춤인 셈이다.

이렇듯 식물을 연구하는 학자들은 지구의 주인은 식물 혹은 미생물이라고 단언한다. 기후변화로 인류와 동물이 멸종해도 살아남아 진화에 성공할 것이라고 전망한다. 식물엔 동물 못지 않은 욕망이 있고 경쟁이 있으며 생존하기 위한 진화 전략이 있다. 주목할 점은 앞서 언급한 열등한 녹색동물의 전략이다.

어떻게 살아야 할 것인가, 무슨 일을 해서 먹고살 것인가를 고민하는 젊은이에게 강의하는 전문 강사의 강연을 들은 적 있다. 몇 억의 연봉을 버는 이들과 자신의 처지를 비교하며 비관하는 청년에게 그가 한 이야기가 흥미로웠다.

그는 '시간'을 이야기한다. 매력적인 직종을 선택했다면 성공하기 위해선 그 분야에 절대적인 시간을 투여해야 한다는 말이다. 억대 연봉을 받는 이들의 나이를 먼저 생각하고 그에 대비에 자신이 해당 직무에 투자한 시간을 객관적으로 비교하라는 것이다. 흔한 말로 노력이나 열정, 재능에 대한 이야기가 아니다. 객관적으로 투여한 시간이 자신의 분야에서 전문가로 온전히 받기에 충분한지를 되물으라는 이야기였다. 젊음의 강점은 바로 '시간'이라는 것.

물론 4차 산업혁명 시대는 '한 우물'만을 파게 놔두질 않는다. 진입 장벽이 무척이나 낮은 단기 알바나 운송과 같은 단순 노무를 오래한다고 시장에서 그 전문성을 높게 인정받는 것은 아니다. 하지만 경쟁이 가능하고 경력을 쌓을 수 있는 업종이라면 이야기가 달라진다. 많은 사람이 외면하는 블루칼라 분야에도 장인들이 많다.

과거에 누가 노량진 시장에서 칼 가는 장인, 전통 기와와 와당을 굽고 탱화를 복원하는 사람, 200m 높이의 풍력발전기의 날개에 붙어 보수하는 이들의 장래를 밝다고 이야기한 적 있던가. 15년 전만 해도 웹툰 작가들은 심심풀이 수준으로 작품을 연재했고 월 30만 원 수입의 작가들이 허다했다. 하지만 웹툰 〈신과 함께〉는 쌍천만 관객을 끌어모은 영화의 원작이 되었고 저작권료만 수억이 넘는다.

식물의 오랜 기다림과 다른 전략, 꾸준한 실행은 인간에게도 좋은 영감을 준다.

뻐꾸기가 떠난 자리

30년간 좋은 풍광을 자랑했던 회사 인근 산의 수목이 하루아침에 베어져 사라졌다. 내가 출퇴근하며 지나가는 산엔 아름드리 육송의 분재나 정원수 분재와 같이 멋진 나무가 즐비했다. 이름난 산은 아니었지만 누구도 나무를 건드리지 않았기에 봄이면 좋은 나무를 차지하기 위한 산새들의 경쟁이 치열했던 곳이다. 하지만 이곳에 임대아파트를 짓겠다고 좋은 소나무들을 모두 밀어 버렸다. 30년 넘게 자라 그늘을 드리운 소나무를 베어내는 데엔 채 1분이 걸리지 않았을 것이다. 이럴 줄 알았으면 산을 밀기 전 소나무 몇 개라도 파 올걸 하는 생각마저 들었다.

불과 50년 전만 해도 우리나라 산의 절반가량이 풀 한 포기 없는 민둥산이었다. 일제강점기에 대대적인 목재 수탈이 있었고 한국전쟁으로 다시 망가졌기 때문이다. 산업 기반과 난방 연료가 없었기에 모두 산에서 벌목하거나 나무를 내다 팔았다. 정부에서 심었던 묘목의 성장 속도는 당연히 벌목의 속도를 따라갈 수가 없었다. 장마철이면 토사가 마을을 덮치고 개천을 막아버렸다.

그런 나라가 불과 반세기만에 국토 65%를 녹지로 바꾸었다. 세계적으로도 유례가 없는 일이다. 이에 산림청을 중심으로 산림녹화기록물을 유네스코 세계기록유산에 등재하는 작업이 한창 진행 중이다.

1964년 차관을 얻기 위해 서독을 방문한 박정희 전 대통령은 아우토반을 질주하는 차량 행렬과 첨단 공업 설비를 볼 수 있었다. 에르하르트 서독 총리는 "아우토반은 비록 나치가 깔았지만, 이 도로로 인해 서독은 전후 재건에 성공할 수 있었습니다. 나는 매일 이 도로를 향해 경의를 표합니다."라며 한국의 도로 설비부터 정비해 공업 중심 정책, 기반 설비 확충을 통해 일구어야 한다고 조언했다. 경부고속도로는 이렇게 탄생했다.

박 전 대통령은 특히 울창한 산과 맑은 공기, 기가 막히게 정비된 도시 경관을 둘러보고 충격을 받았다 한다. 이에 1967년 산림청을 발족해 토양을 가꾸고 묘목을 키우는 양묘 산업을 일

으켰으며 국립공원과 그린벨트 정책 등을 도입해 산을 지켜 나갔다. 그리고 1972년부터 일어난 새마을운동으로 나무 심기, 가꾸기 운동은 전 국민이 참가하는 운동으로 바뀌었다.

박 대통령의 공과에 대한 평가는 늘 엇갈릴 수 있지만, 적어도 산림 정책만큼은 큰 성공이라는 사실을 부인하지 못한다. 당시 나라의 GDP를 고려하면 이런 수준 높은 산림 사업은 최고 권력자의 결심과 완강성 없이는 어려운 일이었다.

하지만 내면을 보면 아직 갈 길이 멀다. 대부분의 묘목은 30년생 미만이며, 산림 중 수풀이 울창한 녹지는 50%에 불과하다. 나머지는 과수원이나 논밭과 같은 농경 지역이다. 결국 사람 손이 타지 않은 온전한 녹지는 16%에 불과하다. 묘목의 45%가량을 소나무와 같이 경제적 가치가 낮은 침엽수가 차지하고 있는 것도 문제다. 침엽수 일변도의 산림 정책은 장수하늘소와 같은 희귀종의 멸종도 앞당겼다.

장수하늘소의 유충은 신갈나무, 물참나무, 졸참나무, 상수리나무와 같은 활엽수의 수액을 먹고 자라는데 침엽수림만 울창하니 살아남을 수 없었다. 장수하늘소와 크낙새와 까막딱따구리, 오색딱따구리 역시 지금은 활엽수림이 온전한 포천의 국립수목원(광릉수목원)에서만 볼 수 있다. 전국 산의 대부분이 소나무 군락이 있어 봄이면 노란 송홧가루가 전국을 뒤덮는데, 좋은 현상이 아니다. 여전히 우리나라가 목재 대부분을 수입에 의존하고 있는 이유이기도 하다.

50년을 키워 온 산을 무참히 밀어 버리는 주범은 역시 개발이다. 내가 사는 거제도의 좋은 산들이 몸살을 앓고 있다. 지자체에선 대단위 아파트 단지나 산업단지를 유치하기 위해 〈개발 허용 경사도〉를 기존보다 높여 쉽게 야산을 헐어 버리게 허용한다. 그리고 개발업자들은 택지 개발이 아닌, 점점이 쪼개서 개발하는 방식으로 환경영향평가를 거르는 편법을 사용하곤 한다. 심지어 공공임대사업으로 사업안을 제출해 환경평가를 면제받고 이후 용도를 변경하는 꼼수까지.

가장 황당한 일은 숲을 밀어 태양광 발전소를 세우는 짓이다. 시골엔 멀쩡한 능선의 나무를 베어 버리고 그 자리에 태양광 패널을 모두 깔아 버린 곳이 많다. 비가 오면 토사가 쓸려 내려오고, 패널에 반사되는 태양광으로 인해 인근 주민은 뜨거운 열기를 견뎌야 한다. 눈부심과 흉측한 경관도 문제다. 정부에서 보조금을 주고 수입도 올릴 수 있다고 하니 나무를 모조리 베고 패널을 심은 것이다. 이것이야말로 친환경 에너지의 역설이 아닐까.

거제 인근의 산은 높지 않고 부드러운 능선을 가졌다. 가끔 나는 이 야산에 들러 야생난들을 살펴보곤 했다. 하지만 이 일 대에 고층 아파트 단지가 들어서는 통에 많은 변이종이 멸종하고 말았다. 뻐꾸기 소리도, 딱따구리 소리도 이제는 쉽게 듣기 어렵다.

소나무

남들보다 먼저 일어나서
아침 이슬로 몸을 씻고서
아침 해를 맞이한다
각종 새들이 찾아들어 아름답게 지저귀는 소리들
마음속 깊이 스미니 나의 마음은 싱숭생숭하다
내가 서 있는 곳에서
하늘을 더 높이 날개를 펴서 깊은 숨을 쉬어 본다
다른 나무들보다 늦게 잠이 들며
암흑 속에서 빛을 품는다

현고학생부군신위

내 친구는 한 해에 제사를 열 번 이상 지낸다고 했다. 통상 기제(忌祭)는 조부모님까지만 지내는데, 고조부모까지 제사를 지내면 기제사만 6번이다. 아버지, 어머니, 할아버지, 할머니, 고조부님, 고조모님 이렇게. 거기에 시제(時祭)라고 음력 3월이나 음력 10월을 골라 한 번 지낸다. 차례를 한식, 단오, 추석 이렇게 3번 지내고 묘제(墓祭)를 한 번 지내면 얼추 10번이 넘을 듯하다. 아니면 4대 봉송이라고 증조부모님까지 기제와 차례만 챙겨도 10회는 쉬이 넘기게 되는 것이다. 이러자면 매달 제사를 올려야 한다.

먼 조상들은 가족 공동체가 자신의 죽음 이후에도 지속할 수 있을까 염려했다. 죽음 이후에도 선대와 후대가 시간과 공간을 함께 공유하며 영속할 수 있는 의식으로 '제사'를 고안했다고 한다. 전통적인 동양사상에서 보면 사람(人)은 하늘과 땅의 것을 모두 받아 이루어진 것인데, 사람의 정신(精神)은 죽음 이후엔 혼백(魂魄)으로 갈라져 혼(魂)은 하늘로, 백(魄)은 땅으로 돌아간다고 보았다. 그리고 우리가 흔히 귀신(鬼神)이라 했던 것은 공중을 떠다닌다고 생각했다.

물론 여기서 귀신은 서양에서 부정적으로 묘사하는 유령(고스트, Ghost)의 개념이 아니다. 그래서 지금도 제사의 시작은 향을 피워 혼을 불러들이고, 술을 땅에 부어 백(魄)을 모시면 비로소 조상신이 완성된 형태로 임한다고 보았다. 흥미롭게도 조상들은 후손이 응당한 장례를 치르지 않거나 제사를 모시지 않으면 영원히 구천을 떠도는 영혼으로 전락한다고 믿었다고 한다.

조상의 은덕을 얻기 위해 후손에게 가장 중요한 것이 묫자리와 제사라고 했기에 아직까지 문중의 습속이 남은 곳에선 제례와 제사를 가장 중요한 의식으로 치르고 있다. 하지만 이런 풍속도 성리학이 국학(國學)으로 정립된 조선 시대부터 정착된 것이고 사대부 문화였던 주자가례(朱子家禮)로부터 전해진 것이다. 즉, 왕실의 정통성을 확고히 구축하기 위한 유교적 의례가 사대부를 거쳐 일반 백성들에게도 전파되었다. 특히 조선

후기 양반 계층이 인구의 70%까지 확대되면서 이 제사 문화는 자신의 신분을 드러내기에 좋은 수단으로 사용되었다는 주장도 있다.

명절이 다가오면 미디어에선 제사상 지방에 다짜고짜 '현고학생부군신위'라 적으라고 일러 주곤 한다. 현고학생부군신위(顯考學生府君神位)에서 '현고부군신위'는 "돌아가신 아버지의 신령이시여 나타나서 자리에 임하소서."라는 뜻인데, 여기서 학생이란 과거 등에 합격하지 못해 관직 없이 평생 공부를 하신 분이라는 뜻이다. 생전에 벼슬이 있으면 '학생(學生)' 대신 해당 벼슬을 써야 한다. 관직에 오르는 것을 소중히 여겼던 사대부의 문화에서 비롯된 것이다.

옛날엔 진설(陳設)에도 꽤 공을 들였다. 나도 제사 전날이면 제사상에 오를 음식의 위치를 꼼꼼하게 상기했다. 홍동백서(紅東白西), 頭西尾東(두서미동), 麵西餠東(면서병동), 魚東肉西(어동육서), 棗栗梨柿(조율이시), 左脯右醯(좌포우혜)와 같은 것이다.

이 진설 방법 또한 주역(周易)의 음양오행(陰陽五行)에서 비롯된 것이다. 많은 사람들이 주역을 사주팔자를 맞추는 점성술로 오해하지만, 주역은 유학의 근원이자 동양철학의 원리다. 유학의 원류라 할 수 있는 공자(孔子)가 주역의 이치를 모두 깨닫지 못하고 죽는 것이 원통하다 했고, 조선 성리학의 반석이라 추앙받는 퇴계 이황 역시 평생 주역을 공부하고, 선조 임금에게 강의할 정도였다. 한국에 왔던 중국인들이 "중국에서 죽은 공자가 조선에서 부활했다."며 놀라는 것도 자연스럽다.

어머니는 늘 "살아서 잘하는 것이 효도지, 부모 죽은 후에 제사상 부러지도록 차리는 게 무슨 소용이겠느냐?"고 되묻곤 하셨다. 하지만 어머니도 시부모님 제사에는 정성을 기울이셨다. 제사가 있는 날이면 종일 작은 집에 가서 음식을 준비하셨다. 초등학교 시절 아버지는 자정이 가까워지면 나와 형제들을 깨워 작은집까지 제사를 지내러 갔다. 온 천지가 잠든 까만 밤에 아버지의 발뒤꿈치만 보며 비척비척 따라가다 보면 작은아버지 댁이었다. 제사상 앞에서 비몽사몽 꾸벅이다 다시 집까지 걸어오면 먼 산에서 여명이 올라오는 것을 볼 수 있었다.

제사는 자시(子時), 그러니까 밤 11시부터 새벽 1시 사이에 지내야만 했다. 자시는 하늘이 열리는 시간이라 혼이 되신 조상님들이 하늘과 땅을 자유로이 오갈 수 있는 시간이었다. 새벽닭이 울기 전에 제사는 끝내야 했는데, 새벽닭이 울면 밤의 문이 닫힌다고 믿었기 때문이다.

어린 시절 죽었던 고모는 어떤 엄숙한 절차도 없이 할아버지의 지게에 실려 떠났다. 고모는 유난히 나를 아꼈는데 늘 색동 저고리를 입고 학교에 다녔다. 방과 후엔 동네 내리막길을 달려 와 우리 집 마당 한가운데의 감나무 아래에서 이런저런 이야기 를 들려주었다. 고모가 장티푸스인지 열병을 앓자 흰 가운을 입 은 의사가 집에 와 청진기를 대며 심각한 표정을 짓곤 했다.

그리고 얼마 지나지 않아 작은할아버지는 고모를 지게에 싣 고 산을 올랐다. 나는 고모의 마지막 얼굴을 보기 위해 까치발 을 하거나 폴짝거리며 뛰었다. 예부터 영아가 죽으면 항아리에 넣어 묻거나, 어린이가 감염병으로 죽으면 특별한 장례 절차 없 이 하늘나라로 보내곤 했다. 그저 어미의 가슴에 묻었다.

4만 년 전 신석기 시절의 부모들의 마음을 읽을 수 있는 사례 가 있다. 신석기 유적지인 청원의 두루봉 동굴에서 4살가량 되 는 아이의 뼈가 발견되었다. 그런데 놀랍게도 아이는 고운 흙 위에 눕혀져 있었고 주변엔 꽃씨가 뿌려져 있었다. 석회암 동굴 에서 나오기 어려운 것들이다. 꽃씨를 감식하니 국화였다. 어 른들은 아이의 짧은 생을 보내며 고운 흙을 구해 덮고 그 위에 국화를 얹어 추모했던 것이다. 이 아이는 발굴자인 김흥수의 이 름을 따 '흥수아이'라고 불린다.

어릴 땐 어른들에게 제사의 본뜻이나 의미를 듣지 못해서 마지못해 따라갔고, 제사상에서도 아무런 설명이 없어서 문중 어른들을 원망하기도 했다. 하지만 어린 마음에도 제삿날의 모습이 위엄이었기에 어른들의 조상님에 대한 공경심을 자연히 배울 수 있었다.

하지만 나이 들어 돌아보니 나 또한 떨어져 사는 아들에게 공들여 일러 주진 못했다. 제례(祭禮)의 목적은 가신 이에 대한 음식 봉양에만 있지 않다. 남은 자손이 조상을 기억하고, 유지를 받들고 있는지를 점검하며 가족의 화합에도 기여한다. 사회관계가 복잡해진 시대, 가족을 자기 삶의 중심으로 두기 위한 수단이기도 하다.

그러나 이제는 그 본뜻을 잘 살리되 지나친 형식은 점차 줄여 나가야 한다고 생각한다. 죽은 이를 위한 제사를 치르느라 온 집안의 며느리가 와서 밤을 새우며 제사 음식을 준비하고, 친족의 식사와 술상까지 챙기는 문화를 계속 유지해야 할지는 생각해 봐야 한다. 며느리들이 모이면 농반진반으로 "피 한 방울 안 섞인 남편 할아버지 제사로 밤을 새워야 하는지…. 우리 아버지께도 이렇게는 안 해 드렸는데?" 하는 의문 역시 합리적이라고 본다.

40년 전, 나는 할머니의 손을 잡고 불국사 여행을 갔다. 할머니는 하늘의 별이 되셨지만, 얼마 전 찾았던 불국사의 아름드리 소나무의 자태는 여전했다. 천주교 신자라 따로 할머니의 제사를 지내진 않고 우리 부부는 성당에선 봉헌을 올리곤 한다. 그래도 기일의 밤이 깊으면 그 제삿날의 밤길을 생각하곤 한다.

봉분

명당과 염원, 그 사이

난의 변이종을 채집하기 위해 전국 각지의 산을 찾는다. 깊은 산속에 자리 잡은 봉분 중앙에 나무가 크게 자란 모습을 본 적이 있다. 처음엔 부모님을 잘 모시기 위해 못자리를 고르고 정성껏 관리했을 것이다. 하지만 먹고살기 힘들어서 그런 것인지 이렇게 오랫동안 방치된 묘소를 보면 마음이 안 좋다. '묘가 이리 망가질 때까지 손대지 않을 사정이 있을까? 혹 후손이 이민을 갔나? 그렇지 않다면 그들은 여행도 다니지 않고 바깥나들이도 하지 않나?' 하는 생각이 든다.

어른들은 후손이 번창하려면 부모님의 못자리를 잘 쓰고 정성껏 돌봐야 한다고 했다. 속설에 따르면 후손은 3대 조부모의 영향을 받는다고 하는데, 조부모가 뿌리를 내리면 부모 대에서 꽃봉오리로, 그리고 마지막으로 조손자가 꽃으로 그 자양분을 내려 받는단다.

일반적으로 명당의 조건은 땅이 양명하고 맑은 물이 솟아야 하며 주변의 산이 마을이나 집을 보국하고 있는 형상이라고 한다. 묘소의 경우 주산과 안산, 좌청룡 우백호의 산세로 인해 기가 잘 모인 혈(穴) 자리를 명당으로 본다. 풍수가 전통적으로는 전수되어 왔지만, 이를 과학적으로 판별한 적이 없기에 한 교수는 대학원에 풍수 강좌를 개설했고 이어 후손이 특별히 번창한 조부의 묘를 조사했다. 선친이 재벌인 집안, 조선 시대 대제학 출신의 집안, 후손이 재벌이 된 집안 등이었다.

이 묘에선 모두 경반층(딱딱한 지층) 아래에 구덩이(혈)가 발견되었다. 후손이 특별히 많은 조부의 묘는 산의 능선이 아닌 비탈에 있었고, 주변 산의 형세도 좋은 대칭을 이루며 혈을 보호하고 있는 모습이었다. 물론 이 통계로 풍수가 믿을 만한 과학이라거나, 믿기 힘든 미신일 뿐이라고 단정하기 어렵다. 다만 대기업의 총수들이 사저를 구입하고 땅을 매입하기 전에 반드시 풍수학자들의 조언을 참고해 결정한다는 사실은 재벌 세계에선 공공연한 비밀이다. 이렇듯 풍수는 여전히 상당한 영향력을 발휘하고 있다.

우리나라 최초의 국립서원이었던 영주 소수서원이나 경주 옥산서원, 안동의 병산서원은 모두 당대 최고의 유학자들이 주역과 풍수원리를 적용해 택지했다. 그런데 이곳에 가 보면 주산을 중심으로 산세가 학당을 보위하고 산의 기운은 서원 앞의 천이 가두는 형국이다. 조용히 공부하며 심신을 단련하기에 최적의 장소라는 것을 풍수를 잘 모르는 이들도 금방 깨닫는다. 여주의 세종대왕릉이나 예산에 있는 흥선대원군 이하응 부친 남연군의 묘를 천하명당이라 하는데, 풍수학자들의 단골 답사 코스라 한다.

봉분

염원

담벼락에도 염원이 있다.

한국인은 어딜 가든 작은 석탑을 쌓아 놓는다.

    해방 이래 서구의 것은 신식 문물이라 추앙하고 우리 것은 미신이라 폄훼하는 시절이 꽤 길었다. 하지만 지금은 젊은 학자들과 전문가의 손에 의해 동양의 전통 사상과 이치가 많이 밝혀지고 있다. 단적으로 우리가 한옥의 가치에 대해 조금 더 일찍 눈을 떴더라면, 근본을 유지하며 서양 건축의 강점을 받아들일 수 있었을 것이다.

부자들의 특징

누구나 부자가 되길 열망한다. 서구의 근대적 부자는 상업을 통해 일가를 구축한 경우가 대부분이었다. 거기엔 새로운 상품이 있고 공장이 있고 근로자가 있었다. 부자는 자신의 자산을 아낌없이 사회에 환원했고, 그들의 성공은 나라의 산업 기반을 더욱 단단히 했다. 사실 미국 자본가에 대한 긍정적 영상은 대부분 이 시기에 만들어진 것이다.

21세기 부자는 예외 없이 '불로소득', 순화된 표현으로는 '자본소득'으로 인한 것이다. 즉, 금융거래소득으로 인한 것이다. 근로소득을 더 이상 하지 않고 자본소득만으로도 풍요로운 생활을 유지할 수 있는 상태를 '부자'라고 한다. 자본소득의 회전으로 인한 이익은 수십 년간 근로소득을 통해 벌어들인 돈을 상회한다. 월급을 잘 관리해 저축해서 집을 사고 아이들 결혼시켜서 깡통주택만 남는 경우가 대부분이다. 은퇴 후 집 한 채만 가지고 있는 사실상의 빈곤층이 얼마나 많은가.

이것조차 과거에나 가능했다. 지금 젊은 세대의 경우 월급을 모아 집을 사는 건 거의 불가능에 가깝다. 2017년에 젊은 세대에게 꽤 어필했던 책이 있는데 바로 『월급으로 내 집 장만하기』라는 책이었다. 이 책에서조차 금수저가 아니라면 부동산을 공부해서 투자를 통해 점차적으로 자산을 축적하라는 권고가 나온다. 저축은 이익을 창출하지 않는다.

내가 만나 보았던 부자들은 대부분 자수성가한 사람들이다. 자신의 돈으로 사업을 시작하고 집을 사고, 이후 투자를 통해 수익을 높여 왔던 전형적인 부자들이라 할 수 있다. 몇 번 투자에 성공해 벼락부자가 된 경우와는 다르다. 또한 부모로부터 이미 십억 이상의 부동산을 물려받아 투자한 경우와도 다르다.

그들에게 발견한 공통점은 다음과 같다. 내가 만난 부자 중한 번이라도 실패하지 않은 사람은 없었다. 집도 절도 없이 맨몸으로 다시 일어서야 했던 경우도 많았다. 그런데 그들은 실패에 무너지지 않았다. 다시 재기할 수 있다고 생각했고, 어찌 보면 적은 돈이지만 지출을 극단적으로 줄여 적은 돈으로도 생존하는 생활 태세를 갖추었다.

제일 먼저 신용카드를 자르고 통장을 3개 만들어서 하나는 청약적금, 하나는 비상금 통장, 그리고 최소한의 생활을 위한 생활비 통장으로 사용했다. "절약으로 얼마나 큰돈을 벌 수 있겠어?"라고 생각할 수 있지만, 어려운 시절 절약하지 않았더라면 자본의 토대를 형성하지 못해 생활적 기반마저 흔들려 투자는 커녕 생계에 허덕이며 시간을 허비했을 것이다. 근로를 통해 자산을 모으고 자산을 모아 자본을 창출해 돈을 번다. 절약은 근로소득의 집적을 위한 첫 공정이다.

이후 사정이 나아져도 자동차나 소파, 집 리모델링 등의 비생산적 가치에 돈을 쓰지 않았다. 도시락을 싸고 외식을 삼간다. 저렴하고 담백한 음식을 최고로 생각하지, 이름난 레스토랑에서 고급 와인과 1등급 해산물을 먹는 것을 어리석다고 생각한다.

부자에게 가장 중요한 소득 원천은 자본소득이다. 근로소득은 누군가를 위해 노동력을 제공해야 얻을 수 있는 것이고, 일이나 생활을 자신이 결정할 수 없다. 즉, 경제 권력은 여전히 기업에 있기에 미래는 불확실하다. 언제든 잘릴 수 있고, 은퇴 후엔 소득이 낮은 업종에서 다시 근로해야 한다. 더 이상 근로하지 않아도 자본이 돈을 벌 수 있는 경제 구조를 구축할 때 비로소 그 개인은 경제적으로 온전히 독립한 것이다.

전 세계 3,800여 개의 매장과 1만 명의 직원, 연매출 1조 원, 개인자산만 수천억 원을 가진 스노우폭스(Sonwfox)그룹 김승호 회장은 "자본소득이 근로소득을 넘어선 날을 개인독립기념일"이라고 말한다. 김 회장은 권고한다.

"부자가 되는 방법은 우선 창업이 있지만, 성공하기까지 너무나 많은 경쟁과 위기를 넘어서야 하다. 더욱 안전하고 쉬운 방법은 시가총액 1등 초일류기업의 주식을 사는 것이다. 월급을 아껴 주식 몇 주를 사는 방식으로 지속한다. 주가는 오를 수도, 내릴 수도 있지만 특별한 사정이 없는 한 절대 팔 생각을 하지 말아야 한다. 주가가 떨어지면 그 회사 주식을 더 싸게 구입할 수 있는 기회. 내가 산 주식이 가파르게 오르는 건 좋은 신호가 아니다. 천천히 올라야 내 돈으로 해당 주식을 더 살 수 있기 때문이다. 배당이 나오는 주식이라면 팔지 않아도 된다. 연간보고서, 사업보고서, 재무제표를 확인하고 공부해야 한다. 소비자의 반응을 유심히 확인해야 한다."

삼성전자 주식은 2020년 현재 20년 전에 비해 1,222% 상승했다. 당시 15만 원이었던 주식은 지금 200만 원을 넘어 증권

가에선 270만 원을 예상한다. 같은 기간 강남 3구의 아파트는 213% 올랐을 뿐이다. 주식을 사서 단기간에 매매 차액을 노린다면 그건 이미 투자가 아닌 투기다. 수많은 개미들이 투자금융사에게 당하는 악순환의 근거가 바로 이것이다.

철새와 같이 이동하는 개미군단은 수많은 외국계 금융자본이나 국내 투자펀드에겐 좋은 먹잇감이 된다. 언론과 지라시를 통해 주가 가치를 올리고 개미군단이 몰리면 수천억의 이익을 회수해서 매각하는 '작전세력'에게 얼마나 많이 당했던가. 이런 측면에서 보면 건강한 투자와 자본의 증식을 막는 주가 조작이나 분식회계, 내부 정보를 활용한 내부자 거래와 같은 화이트컬러 범죄가 얼마나 반자본주의적 중대 범죄인지 알 수 있다.

가장 자본주의적인 투자 방식이며 가장 확실한 가치 증식 수단이 바로 주식 투자다.

성공의 속성

아직도 많은 사람이 부동산을 통해 성공하려 한다. 30년의 직장 생활보다 강남의 똘똘한 한 채가 더 큰 이익을 주기 때문이다. 스타벅스나 맥도널드 같은 기업의 본질이 커피나 햄버거일까. 그들 사업의 수익 원천은 부동산이며, 이를 근거로 투자를 늘려 간다. 우리나라의 교보문고가 대표적인 경우다. 매장에서 책을 팔아 얼마나 남을까 싶지만, 대형 쇼핑몰엔 CGV가 있고 교보문고나 영풍문고가 있다.

이들이 무슨 돈이 있어서 저런 금싸라기 백화점에 자리를 잡는지 궁금하지 않은가? 이런 대형 서점은 사람들의 만남의 공간이며, 지역의 거점이자 상징물이 된다. 광화문의 교보문고와 강남의 교보문고는 그 건물의 자산 가치 자체를 올려 준다. 즉,

사람 동선의 중심에 서점이 있기에 건물주들은 큰 서점을 유치하기 위해 기꺼이 "을"의 입장에서 계약한다.

그들은 자기 자본을 투자해 이익을 얻는 것도 차선이라고 생각한다. 기본은 주주들의 투자금을 활용하는 것이고 금융권 대출을 통해 투자와 경영을 한다. 부동산 투자는 정보와 자금력, 과단성과 같은 덕목이 필요하다. 특히 한국의 경우 부동산 불패의 신화가 있기에 부자들은 여전히 부동산에 투자한다. 우선 자기 집을 구입하고, 좋은 매물이 있으면 사고 다시 파는 방식으로 버는 차액이 주 소득원이 된다.

하지만 부동산을 통한 수익은 이미 과거의 성공 신화다. 부동산 수익을 앞으로도 기대할 수 있을까? 앞으로 정권에 따라 편차는 있겠지만 부동산의 양도와 상속세는 더욱 엄격해질 전망이다. 부동산의 매매 차익을 노린 거래를 막아 부동산값 상승을 막겠다는 것이 정책의 기본 방향이 될 것이다. 나는 집을 온전히 '거주 공간'으로 받아들였기에 한 아파트에서만 16년을 살았다. 투자 호기가 있었지만 이를 여러 번 생각하다 그만두었고 지금은 때가 지나갔다. 이사가 귀찮았고 투자에 소극적이었다.

부자들은 부부간에 자산 운용을 공유하며 기획한다. 자녀들에게 수익의 원천을 조기 교육한다. 경제의 핵심은 사고파는 것이거나, 투자해서 더 많이 벌어들이는 것이다. 돈을 벌기 이전 생활 태도부터 확립시키는데, 일찍 일어나고 계획된 생활을 하며 사람을 만나 새로운 정보와 영감을 얻고 영어를 통해 세상이 돌아가는 이치를 남들보다 조금 더 빨리 체득한다.

고소득 직장인의 직종과 수익 원천을 분석하면 공통으로 진입장벽이 있었다. 즉, 아무나 대체할 수 있는 직종과 일에는 당연히 고소득이 보장되지 않는다. 직장인의 경우 일주일 평균 50여 시간 이상 일하고 있었고 스트레스 위험도는 평균을 훨씬 상회했다. 금융과 투자기업 임원들의 삶이 이렇다. 고소득 투자가의 생활은 이와 딴판이다. 직장인의 유리 지갑과 달리 그들은 원금 손실 없이 자산을 관리하고, 고통스러운 노동 대신 슈퍼부자에게 전문 지식을 얻으며 투자처를 물색한다.

하지만 그들 역시 고소득 고위험성이라는 리스크를 상시로 안고 산다. 코로나19 대유행 기간 동안 세계적 자산가 아르노 루이비통모에헤네시(LVMH)그룹 회장의 재산이 34조 줄었고 투자의 귀재 워런 버핏도 18조의 손실을 입었다. 워런 버핏은 주총을 통해 자신이 항공주에 대거 투자한 것은 최대의 실책이었다고 인정했다. 이에 반해 원격 화상 어플인 Zoom의 창업자 위안정은 92조를 더 벌어들였고 세계 최대 전자상거래회사 아마존의 제프 베이조스는 30조 원의 재산을 증식했다.

서울에 빌딩을 여러 채 보유하고 있어 월세만 수천만 원씩 받는 지인이 있다. 그는 이 부동산을 자녀에게 증여할 계획이 없다고 한다. 자산이라는 것이 쌓기는 어려워도 무너지긴 쉬운 것이라 오히려 자식이 새로운 방법으로 돈을 버는 능력을 키우고자 한다고 말했다.

서점엔 투자해설서가 넘쳐나고 부동산 강좌는 여전히 만석이다. 하지만 그곳에 정말 필요한 고급 정보는 없는 경우가 많다. 무엇보다 저자가 투자에 크게 성공한 경우가 아니고, 성공했더라도 투자의 핵심 노하우를 공개하지 않기 때문이다.

남의 땀과 노동, 가치를 빼앗아 부자가 되는 사람도 있고, 남과 함께 상생하며 당당한 자산가로 우뚝 선 부자도 있다. 부자라고 덮어 놓고 존경할 일은 아니지만, 부자라고 덮어 놓고 싫어할 이유가 없다. 문제는 어떻게 벌고 무엇을 위해 쓰는가에 대한 문제다. 앞서 진입장벽에 대한 이야기를 했지만, 스스로 평생 가난하게 살 것이라는 생각이나 부자는 무슨 꼼수를 부려 출세한 것이라는 생각을 가장 먼저 버려야 한다.

부자가 되려면 우선 부자가 되고 싶다는 생각을 해야 한다. 그리고 이를 실현할 수 있는 계획과 생활 방식을 준비한다. 꼭 큰 부자가 되지 않더라도 그날 하루에 최선을 다하고 노동으로 보람을 얻는 생활을 견지하는 것도 좋다. 하지만 부자가 되고 싶다면 부자의 생활 방식과 사고방식을 배워야 한다. 삶에 대한 가치관은 저마다 다르겠지만, 돈의 흐름과 자본의 원리에 대해 이미 경험을 통해 체득한 그들에게 배우고자 노력해야 한다. 부자를 친구로 사귀는 것도 좋은 방법이다.

물론 나는 큰 부자가 아니다. 시중에 나와 있는 책, '돈 버는 방법'의 저자들 대부분이 실제 큰돈을 벌어 본 적 없는 이들이다. 수영을 배우려면 풀에서 선수에게 배워야 하고, 부자 되는 법을 배우려면 부자에게 배워야 한다. 그런 점에서 나의 이 글 역시 힘이 없음을 고백하지 않을 수 없다.

한국식 예법

오래전 대기업에서 대리로 근무할 때다. 다른 부서의 한 부장님은 나를 보고 늘 "정 박사"라고 불렀다. "정 박사, 난은 잘 크죠?"라며 난에도 각별한 조예가 있어 이분을 좋아했지만, 호칭만큼은 적응되지 않았다. 과장으로 승진했는데, 여전히 대리로 부르면 기분이 상한다. 그런데 너무 비현실적이거나 마음이 느껴지지 않은 의례적인 호칭도 어색하긴 마찬가지다. 가령 대학의 시간 강사에게 "교수님"이라고 부르는 것은 적절하다고 본다. 이미 박사 과정을 마치고 학생을 양성하는 일은 정규직이든 계약직이든 스승에 대한 예우다. 하지만 나에게 박사라니. 좀 뜬금없다.

호칭을 정확히 불러 주거나, 평범한 부름에도 마음이 담겨 있으면 기분이 좋다. 지금은 많이 사라졌지만, 과거 영업사원이나 보험설계사들은 무턱대고 고객을 '사장님'이라 칭했다. 이런 뻔한 호칭에 일부 고객은 "내가 왜 사장이냐? 과장인데!"라며 농담으로 거부감을 표현하곤 했다. 1980년대만 해도 사장이라는 직함은 꽤 인정받는 직함이었다.

하지만 자영업자 600만 명 시대에 "사장님"이란 호칭은 구시대적이다. 정확히 대표님이라고 부르거나 정확한 직책을 불러줘야 한다. 사장님이라는 호칭은 가게에서 오너를 부르는 말이고, 술집에서 소주를 주문할 때도 외치는 말이며, 시장에서 값을 흥정할 때도 쓰는 말이 되었다. 사회적 지위에 대한 높임말이 아니다.

시대에 따라 특정 호칭으로 권위를 구축하기도 했다. 이승만 전 대통령이 대통령직에 있을 때도 언론과 국민은 '이 박사'라고 불렀고 이 전 대통령도 이를 즐겼다. 고등보통학교만 나와도 지식인 취급을 받던 시절이라 미국 최고의 명문대 박사 출신은 무한한 존경의 헌사였다. 하지만 지금은 매년 15,000명이 넘는 박사 학위 취득자가 양산되고 있고, 이들 4명 중 1명은 만성적인 실업자다. 대학 진학률이 60%가 넘는 나라에서 기왕이면 조금 더 공부해 박사 학위를 취득하는 건 자연스러운 건지도 모른다. 박사라는 호칭은 어쩌면 너무나 짧은 기간 그 빛을 잃어버렸다.

나라를 구한 전쟁영웅에 대한 호칭은 단 하나 '장군'이었다. 이순신 장군이라고만 하지, 이순신 전라좌도 수군절도사라 부르지 않는 이유다. 그래서 북한의 김일성도 '주석'이라는 호칭보다 만주에서의 항일투쟁을 상징하는 '장군'이라는 호칭을 더욱 즐겼다고 한다. 군에선 지금도 소장, 준장, 중장과 같은 계급보다 '장군'이라는 호칭이 보편화되어 있다. 퇴역 장성들 역시 장군님, 사령관님이라는 호칭을 더욱 영예롭게 받아들인다.

일제강점기 독립투사에겐 주로 호를 붙여 '선생'이라는 호칭으로 불렀다. 백범 김구, 몽양 여운형, 단재 신채호, 고당 조만식 등의 지도자에게 백범 선생, 몽양 선생 등으로 불렀다.

외국인은 한국에 들어오기 전 경험자로부터 호칭을 배운다. 식당에 가선 "여기요!" 내지는 "이모님!", "사장님!"이라고 부르는 것이 원어민(?)답다고 듣는단다. 가까운 윗사람에겐 "형님"이라고 하는 것이 좋고 그냥 존대하려면 "선생님"이라 부르라고 배운다.

영어권 외국인은 우리의 촌수(寸數)와 관련한 호칭 문화를 매우 어려워한다. 증조부, 고조부, 백부, 숙부, 중부, 큰형, 작은형,

둘째 이모, 이종사촌, 외숙, 고모부, 당숙, 내종숙, 생질, 처형, 매제, 매질, 처남, 아주버니, 올케, 제부 등…. 친가와 외가, 처가와 시댁을 나눈 후 촌수와 성별 관계에 따라 붙여지는 이름이 유난히 복잡하다.

미국은 남자 형제면 브라더(Brother), 여자 형제면 시스터(Sister), 사촌, 육촌 등은 모두 커즌(Cousin), 삼촌, 이모부, 고모부는 무조건 엉클(Uncle), 이모, 고모는 모두 앤트(Aunt)다.

한국의 촌수 문화가 유교의 영향을 받은 동남아에선 일반적이지 않을까 하면 그것도 아니다. 우리 촌수 문화는 전 세계에서 유례가 없다. 기록에 의하면 12세기 고려부터 시작된 것으로 추정할 뿐이다. 친족의 멀고 가까움을 촌수로 구분했고 이를 족보로 남겼다. 친족 공동체를 유지하는 데에는 효과적이었지만, 문중의 남성만이 중심이었기에 여성은 낄 자리가 없었다. 친정에선 출가외인이라 하고, 시댁에선 문중 외인으로 취급했다. 한국에만 있던 호주제의 폐지를 놓고 사회적 논쟁이 벌어진 것도 이상한 일이 아니다.

이런 민족답게 예법도 여간 복잡한 게 아니다. 어른과 술자리를 하면 어른을 우선 벽을 등지고 문을 바라볼 수 있는 상석에 모신다. 어른이 먼저 잔을 들기 전까진 술과 음식에 손을 대지 않는다. 인원이 많은 자리에선 어른이 술을 권하면 상석으로 가서 절부터 하고 술을 받아야 했다. 두 손으로 잔을 받쳐 들어 술잔을 가리고 고개 돌려 마셔야 한다. 술을 따른 땐 무릎을 꿇고 두 손으로 술의 상표를 가려 따르고, 어른이 잔을 주면 잔을 바로 비워 잔의 주둥이를 닦아 되돌려 술을 따라야 하는 등. 중국의 주자(朱子)가 우리 직장인의 회식 자리에 와서 울고 간다는 농담이 있을 정도다.

최근 한 술자리에서 나이 차가 별로 나지 않는 이가 아랫사람이라고 한 손으로 잔을 잡아 술을 따르는 것을 보았다. 그런데 이는 전통적이지도 않고 계보도 없는 행동이다. 군이 옛날의 풍습을 따지자면 친족 관계가 아닌 이상 서너 살 차이는 그저 벗으로 대했고, 한쪽의 존중 어린 예절을 일방적으로 받는 법도 없었다. 아랫사람이 예를 다하면 윗사람도 그에 걸맞은 예절로 대했으면 좋겠다.

심지어 직장인은 상사에겐 "감사합니다."라고 해야지 "고맙습니다."라고 하면 결례라는 잘못된 우리말 교육도 받는다. 둘다 같은 뜻이고 '감사(感謝)'는 고맙게 여긴다는 우리말의 한자 표현일 뿐이다. "수고하셨습니다.", "고생하셨습니다."와 같은 말에 수고(受苦)와 고생(苦生) 모두 어렵고 괴로운 일이라는 부

차경

정적 의미가 있고, 무엇보다 고생했다고 평가하는 뜻이 있어 윗사람에게 사용하는 건 부적절하다는 게 국립국어원의 권고다. "노고에 감사드립니다." 정도가 무난하다는 것. 다만 이를 대체할 마땅한 표현이 아직 우리말엔 없다고 한다. 이 정도면 규범에 현실을 맞춰야 할지, 현실에 맞게 규범을 고쳐야 할지 고민이다.

　그런데 사회생활을 하다 보면 말을 적절히 하는데 기분이 좋지 않을 때가 있다. 비언어적 표현이라고, 말과 달리 눈빛과 말투에 무시하거나 귀찮은 빛이 보이면 마음만 더 상한다. 존중하면 마음이 담기고, 표현 역시 자연히 따라오는 게 아닐까?

자기만의 휴식

매일 운동하는 것만큼 어려운 것이 늘 책을 쥐고 한 달에 한 권 정도의 책을 읽는 일이다. 마음에 여유가 있을 땐 책 한 권을 들고 시간을 보내는 것이 좋은 휴식이었다. 하지만 불경기가 계속 이어지고 체납된 4대 보험료 문제로 머리를 쥐어 잡고부터는 좀처럼 책이 눈에 안 들어온다. 세금이 체납되면 대출이 안 되기 때문이다.

책장을 펼치면 활자들이 개미처럼 흩어진다. 이럴 땐 노트를 꺼내 글을 쓴다. 현재의 압박감에서 벗어나는 방법 중 하나는 다른 일에 몰두하는 것이다. 웃을 수 있는 좋은 생각, 옛날의 추억들, 그리고 친구의 얼굴을 하나씩 소환하며 다시 문장 속으로 들어길 마음의 준비를 하는 것이다.

마음이 부산스러울 땐 짬 시간에 집중할 수 있는 책을 집어 드는 것이 좋다. 스토리가 복잡하고 서사가 긴 장편소설보다는 단편을 묶어 놓은 산문집이나 에세이가 최고다. 일상의 소소한 깨달음을 과장 없이 단아한 문장으로 풀어낸 몇 쪽만 읽어도 기분이 좋아진다. 전업 작가의 글이 아름다운 문체와 독특한 생각으로 채워져 있다면, 특별한 직업을 가진 저자의 글도 흥미롭다. 스님이 사찰에서 빚어지는 일상을 풍경 소리와 함께 담은 책이 있고, 전국에서 몇 안 되는 부검의의 책도 좋다. 나의 주변을 훌쩍 뛰어넘어 새로운 체험을 할 수 있다.

작은 시집을 한 권 들고 다니는 것도 좋다. 단순히 읽는 데만 집중하면 몇 시간이면 시집 한 권을 읽을 수 있지만, 시인이 그러라고 시집을 내는 건 아닐 것이다. 한 편의 시를 읽으며 시인이 가져오려는 서정의 소재에 몰입해 함께 느끼며 음미한다.

시를 읽는 장소도 상관없다. 특정 시인이 내는 시는 대부분 특정한 정서와 몰입하는 주제가 있고, 시를 풀어 가는 방식도 조금씩 달라진다. 인간사에 깊은 애정과 믿음을 지니고 사람에 집중하는 시인이 있고, 늘 글로는 다 쓰지 못했던 자신의 그림자와 서정을 담아내는 시인도 있다. 최근 시의 경향은 더욱 난해해져 해독하기 어려울 정도의 문장으로 끝나는 경우도 많은

데, 젊은 친구들은 특별한 메시지가 없이 이미지를 배열하는 것도 젊은 시인들의 경향이라고들 한다.

그래도 여전히 서정시인이라고 불리는 이들의 작품은 일반 독자와의 소통과 정서적 공감을 고려한다. 시에서 가슴 따뜻한 감동과 삶의 가치를 발견하길 원한다면 이들의 작품을 골라 읽는 것이 좋다. 과거의 신춘문예 당선작을 찾아 그이의 이름을 검색하면 최근까지의 작품 활동이 일목요연하게 정리되어 있다.

단편소설은 의외로 집중력이 필요하다. 한국 소설은 유독 단편에 강한데, 아마 한국어가 영어권이었다면 노벨문학상을 여러 차례 수상했을 것이라고 이야기하는 서구의 문인들이 많다. 비교적 짧은 분량에 인물의 갈등과 감정선을 최고조로 끌어올리기 위한 문학적 장치가 많다. 그래서 한 줄 한 줄 읽으며 음미해야 그 본연의 깊이에 도달하게 된다.

단편소설의 묘미는 특별한 문장 한두 줄에서 전율을 느끼는 날카로운 표현을 보는 것이다. 또한 결말이 남긴 먹먹함을 즐기는 것이다. 어떤 표현은 너무나 시적이고 새롭다. 단편은 장편에는 보기 힘든 문장의 농밀함과 가파른 호흡을 잘 다진 농축액처럼 지니고 있는 것이다. 최명희의 『혼불』이 10권짜리 장편소설이지만 '칼로 조각한 것 같은 문장'이라는 극찬을 받은 이유가

장편임에도 단편에서나 볼 수 있는 꽉 찬 문장을 장착하고 있기 때문이다.

　자기계발서는 되도록이면 추려서 보는 편이다. 저자가 직접 체험한 삶의 가치와 태도가 반영된 것이 아니라면 대부분은 작가가 인터뷰나 자료 수집을 통해 이야기를 꾸린 것이라 그 진실성이 의심된다. 대부분은 비슷한 내용을 담은 책들이 제목만 바꿔 출판되기도 한다.

　나는 비교적 책을 많이 읽는 편인데도, 온라인으로 책을 구매하면 실망하는 일이 많다. 소설과 에세이 작가의 경우 그의 문학적 특질을 안다. 그래서 내가 인상 깊게 읽었던 작가의 작품은 작품의 수준이 약간 달라져도 즐겁게 책을 읽는다. 매력적으로 읽었던 저자라면 반드시 기록해 두고 주기적으로 검색해서 그의 작품을 찾아서 읽는 것도 좋은 방법이다.

　하지만 인문학 서적의 경우 인터넷 서점에서 홍보하는 내용만을 보고 구매했다 낭패를 당하기도 한다. 어떤 교수는 논문을 약간만 풀어 제목만 흥미롭게 짓기도 하고, 또 어떤 책은 인터넷에서 조금만 찾아보면 얻을 수 있는 지식을 재편집해 출간하기도 한다. 자신의 유명세를 이용해 과거에 잘 나가지 않았던 책을 양장으로 다시 내놓는 일도 허다하다.

도서관에서 책을 빌려 읽는 것도 좋은 방법이지만, 문제는 금방 휘발될 수 있다는 점이다. 집의 서재에 있는 책은 언제고 다시 꺼내 새로운 지점을 발견하기도 하지만 빌린 책은 몇 년이 지나면 심지어 자신이 읽었는지도 모르는 지경이 되기도 한다.

한국의 출판 시장은 매우 작다. 이제 막 싹을 틔운 좋은 작가와 출판사에 힘을 보태기 위해서라도 마음에 드는 작품은 직접 구입하는 것이 좋다. 읽은 책은 책장에 계통적으로 분류하고, 혹여 마음에 들지 않는 작품이라도 보관하는 것이 좋다. 후일 전혀 생각하지 못한 사유로 그 책을 들춰 보게 되는 일이 생길 수 있다. 그리고 나만의 서재를 가꾸어 놓으면 나중엔 그 어떤 것과도 바꿀 수 없는 보물이 된다.

그렇다고 도서관이 무용한 것은 아니다. 한 작가의 작품에 매료되어 연관 작품을 보기 위해서라거나 특별한 소재에 천착해 관련 정보를 얻기 위해 도서관에서 책을 빌리는 것은 좋다. 특히 순문학이 아니라 일반 상업 서적이라면 더욱 그렇다. 누구는 전자책이 좋다고 하는데 나는 손에 쥐어지는 실물감과 새 책 냄새, 그리고 한 장 한 장 경쾌하게 넘어가는 책장 소리가 좋다. 몇 번 읽어 약간의 손때 묻은 책 속에 밑줄이나 메모지를 붙여 놓으며 활용하는 것도 인쇄된 책에서 얻을 수 있는 낭만이다.

신작에 얽매이지 않는다면 양서를 많이 얻는 방법은 헌책방에 가는 것이다. 작은 책방에는 원하는 책이 없을 가능성이 많다. 하지만 이름 있는 대형 체인점엔 좀 지났지만 당대를 풍미했던 작품들이 많이 나와 있다. 가격 또한 3분의 1 수준이다. 무엇보다 좋은 점은 대부분의 헌책방에선 책상과 의자를 구비해서 방문객이 부담 없이 몇 시간이고 책을 즐길 수 있도록 배려하고 있다는 점이다. 3만 원 정도면 시집을 포함해 10권 정도의 명작을 골라 집으로 돌아올 수 있다.

물론 한 번에 모두 다 읽을 순 없지만 서가에 새 책이 놓여 있으면 아무래도 짬을 내서 읽게 된다. 자신만의 휴식 공간이 베란다라면 베란다 테이블에 책을 놓는 것도 좋고 화장실에도 구비해 놓는 것이 좋다.

무엇이 행복인가에 대해선 많은 이들이 견해를 밝혔고 독자들도 자신만의 기준이 있을 것이다. 하지만 무엇이 자신을 가장 행복하게 만드는가는 쉽게 말하기 어렵다. 어떤 성취와 자기실현에 가치를 두면 그것을 달성한 이후의 지루함과 낭패감으로 시달리고, 자신을 흥분시키는 스포츠나 취미에 역점을 두어도 시간이 지나며 시들해지는 경우가 있다.

나는 내가 가장 멋있다고 생각하는 그 모습으로 사는 것이 행복이라고 생각한 적이 있다. 나에게 발이 있으니 걷고, 손이 있으니 만들고, 눈이 있으니 보고, 귀가 있으니 들어야 한다. 주말에 논길을 걷고 산을 오르며 다리와 허리에 통증을 느끼고 땀을 흠뻑 빼고 나서야 내가 진정 감각적으로도 살아 있다는 쾌감이 온다. 그런데 지난 주말 산에 올랐다 옻나무를 꺾은 것이 화근이었다. 오른쪽 눈 주위가 부어올라 피부과와 안과, 내과를 다니며 고생을 하고 있다. 아직도 가라앉질 않지만 그래도 산을 오르는 행복을 포기할 순 없다.

책을 읽다 오랫동안 멍하게 만드는 구절을 적어 두고 며칠을 마음속에서 익힌다. 전시회를 찾아가 압도적 크기의 명화가 주는 감동에 젖어 돌아오거나, 비 오는 날 바흐의 첼로 연주곡을 들으며 난과 함께 베란다에서 한참을 앉아 있으면 내가 참 멋진 중년으로 살고 있다는 생각이 든다.

특별하지 않지만 내가 행복을 얻는 통로는 몸에 있을 것이다. 왜냐면 동일한 조건과 상황에서 행복감을 느끼는 이가 있고, 불행한 상상에 빠지는 사람이 있기 때문이다. 행복의 질료는 세상천지에 널렸지만 행복감을 느끼는 감각은 오직 자신만이 개발할 수 있다. 그래서 나는 좋은 작품을 읽거나 좋은 공연을 보고 눈물을 흘리는 이들은 세상 누구보다 좋은 '행복 수단'을 가지고

휴식

오월보리가 익었다.

보리가 익어야 인심도 후해지곤 했다.

나에게 보리밭은 고향이다.

있다고 믿는다. 걷고 읽고 경청하는 것. 여기에 더해서 하고 싶었던 일을 하나씩 실현하는 것이 내 행복의 원천이다.

책을 읽으며 생각하고, 좋은 그림을 보고, 음악을 듣는다. 돈이 없어도 가능한 나만의 안식이다.

그림을 감상하는 몇 가지 태도

직장 생활의 압박감 속에서도 나는 그림을 감상하며 안식을 얻는다. 한국화의 대가 아산 故 조방원 화백의 추경 한 점에 푹 빠져서 그림을 공부하게 되었다. 우리나라 남종화의 대가로 꼽히셨던 분이다. 북종화가 섬세한 필치와 규범적 화풍을 중요시했다면 남종화는 기법이나 세부 묘사를 떠나 사물의 진수, 깨달음을 표현하는 화풍이다. 문인화가 대표적이다.

신수의 북종선(北宗禪)과 혜능의 남종선(南宗禪)의 차이와 흡사하다. 신수(神秀)가 "몸은 깨달음의 나무요 마음은 밝은 거울과 같다. 부지런히 닦아서 티끌과 먼지가 묻지 않게 하라"는 계송(偈頌)을 절집 벽에 붙이자, 한참 아래 서열의 혜능(惠能)이 "깨달음은 나무가 없고 밝은 거울 또한 받침대 없다. 본래 한 물

건도 없으니 어느 곳에 티끌과 먼지가 있으리오."라고 받아쳤다. 남종선은 본성에 대한 깨우침 그 자체를 중요시했다. 남종선과 남종화는 이렇게 닮았다.

아산 선생과 청화 스님과의 인연도 감동적이다. 청화 스님은 40년간 토굴 생활을 하며 묵언과 장좌불와(長坐不臥)와 좌선으로 선법을 수행하신 분인데, 아산 선생보다 3살 위였음에도 참된 벗의 관계를 유지했다. 심지어 아산 선생은 청화 스님을 만날 때면 일주일 전부터 "나를 따라 큰 스님 뵐 사람은 술 담배 끊고, 고기 먹지 말고 재계하라."고 이르기까지 했다.

아산 선생은 11만 평의 부지와 한옥의 원형이 남아 있는 육화당, 안심당을 청화 스님에게 기증하고, 평생 수집했던 6천여 점의 작품과 4천 평을 전라남도에 기증해 미술관 건립을 요청했다. 그래서 곡성에 가면 엄청난 부지 위에 잘 단장된 성륜사와 맞은편의 아산 조방원 미술관을 볼 수 있다.

몇 년 전 아산미술관에 들렀는데, 작품이나 설비의 관리가 너무 형편없어 크게 실망하고 돌아온 적 있다. 관객이 적으니 관람료 수익으론 운영이 어려웠을 것이다. 평생을 바쳐 작품을 모으고 자신의 것마저 다 바쳐 완성된 조방원 미술관이 이렇게 멀어지고 있다는 생각에 마음이 씁쓸했다. 큰 작품에 곰팡이가 피어 있는 것을 보았는데, 선대 예술가의 지역 사랑을 대하는 후대의 마음인 것만 같아 서글프기만 했다.

그림을 즐긴다는 건 마치 영화나 음악, 악기를 즐기는 것처럼 삶에 또 하나의 행복 요인이 추가되는 것과 같다. 익히지 않으면 즐겁지 않지만 익히면 파게 되고 자신만의 낭만과 즐거움을 얻게 된다. 그런데 초심자의 경우 첫 접근이 쉽지 않다. 모처럼 미술관에 가도 감상 포인트를 잡지 못하고 심드렁해져 나오기 십상이다. 불교문화와 사찰 건축을 모르면 아무리 이름난 절에 가도 아무런 감흥도 못 얻고 그저 수백 년 수령의 고목만 감탄하다 내려오는 이치와 같다.

그림을 감상하는 방법은 다양하다. 미술사적 관점에서 그림의 변천 요인을 살피고 그 시대 작가의 작품을 계통적으로 보는 방법이 있다. 가장 흔한 방법이다. 대표적으로 비잔틴, 르네상스와 인상주의, 러시아 모더니즘 등으로 옮겨 가며 그림을 분석한다. 그런데 미술사조라는 것이 대륙에 따라 달리 나타났기에 이 변화를 보는 것도 재미있다. 소비에트 혁명 이전 러시아 '이동파' 작가들의 작품만 들여다보아도 이야깃거리가 많다. 유럽의 인상주의가 미국으로 이전해 상류층의 문화에 어떻게 복속되있는지를 확인히는 것도 마찬가지다. 이런 그림 감상법은 미술사적 방법이라고도 볼 수 있다.

좀 더 흥미롭게 그림을 감상하는 방법은 도상학적 방법으로 보는 것이다. 해당 시대의 문화와 상징 등을 분석해 화가가 왜 저런 구성과 형상을 구현했는지를 살핀다.

화가가 숨겨 놓은 메시지를 발굴하는 것도 매력이다. 대표적으로 레오나르도 다빈치의 〈최후의 만찬〉을 이런 식으로 보면 매우 흥미롭다. 예수 곁엔 아름다운 여성(?)이 등장하고 이를 막달라 마리아라고 주장하는 역사학자들의 논쟁을 살펴보는 식이다.

그리고 화가의 일생과 화풍의 변화를 보는 방법도 인상적이다. 추사(秋史)의 글씨가 유배 전과 유배 후, 금석문을 연구하기 전과 후에 어떻게 달라졌는지를 탐사하는 것도 큰 깨달음을 준다. 빈센트 반 고흐, 김명국의 〈달마도〉에 대한 이야기도 한 보따리다.

가장 안타까운 감상법은 아무런 공부나 정보 없이 루브르 미술관에서 수백 명의 인파에 밀려 〈모나리자〉를 잠깐 보고 오는 것이다. 건축도 그렇지만 그림 역시 알아야 더 잘 보이고 감동도 크다. 그렇다고 무슨 고시 공부하듯 작가와 작품 이름을 외운다고 되는 일은 아니다. 고흐의 〈구두〉라는 작품이 이후 유럽

문인과 철학자에게 엄청난 화두를 선사한 소재라는 것을 알고, '구두'라는 사물을 뛰어넘어 '구두의 주인공과 삶'을 보여 주는 창이라는 점을 고려하면 그림이 달리 보이는 것이다.

지인 중 화가가 있는데 자신이 진행하는 강의에 참석해 줄 것을 요청했다. 나는 두 손 들고 환영했고 아내는 흔쾌히 수락했다. 지금은 매주 그림에 대한 인식의 지평을 넓혀 가고 있는 아내의 모습이 귀엽기만 하다. 미술관에 자주 들러 그림을 감상하는 건 그림에 대한 안목도 높이고 스트레스도 풀 수 있는 좋은 방법이다.

한국화와 서양화

일반적으로 동양화라는 표현을 하지만, 최근 화단의 추세는 동양화라는 말을 금기하는 방향으로 흐르고 있다. 우선 동양(東洋)이라는 말 자체가 일제가 자신을 서양 세력에 대항하는 아시아의 선구자, 방파제로 선전하기 위해 만들어 낸 말이기 때문이다. 중국에선 자신들의 옛 그림을 중국화 내지는 청화(淸畵)와 같이 시대 작품으로 부르고 일본 역시 일본화라고 부른다. 동양화라는 표현은 우리만 사용했다. 그래서 화단에선 한국화, 내지는 조선회화 등으로 부르기도 한다.

10년 전만 해도 서양화에 대한 관심이 많았다. 서양미술과 건축에 대한 각종 인문학 서적이 쏟아졌고 이와 관련한 강좌도 무척이나 인기를 끌었다. 그런데 지금은 그림에 대한 대중의 관심이 전통회화로도 옮겨 가고 있다. 한국화나 전통회화에 처음 접근하는 이들은 지루함을 느끼기도 한다. 서양의 압도적 스케일의 캔버스와 오묘한 컬러와 구도에 익숙해진 나머지, 한국화를 구식으로만 인식하기도 한다. 하지만 한국화의 발전 과정과 사상적 토대를 알고 최근의 작품을 보면 금방 생각이 바뀐다.

서양과 한국의 그림을 비교할 때 건축 사조와 연관 짓는 것도 재미있다. 유럽은 석재 건축이 발달했고 창은 작은 데 비해 벽면은 두껍고 넓었다. 그래서 큰 화폭의 그림이 집 안 곳곳에 장식되어 있었고, 인물화는 집주인의 권위를 상징하는 것이기도 했다.

하지만 우리 한옥의 방은 작고 흙을 기초로 벽을 쌓았다. 문을 통해 밖의 경치를 집 안으로 들이는 차경(借景)을 기본으로 했기에 집 안의 풍경은 밖의 풍광을 거스르지 않아야 했다. 자연히 병풍화가 발전했고 그림의 크기도 크지 않았다. 종이와 비단은 습기에 민감했기에 볕이 좋거나 바람이 서늘하면 그림을 꺼내 말려 보관했다. 이를 거풍(擧風)이라 한다.

우리에게 그림은 자신의 수양을 위한 것이라 그리고 또 그리며 그리는 동안의 마음가짐과 부단한 수련을 중요하게 생각했다. 종이와 비단 모두 먹을 흡수하고 그림선의 경계가 뚜렷하지 않아 종이에 붓을 적게 대고 단번에 그릴 수 있어야 했다. 물아일체(物我一體), 허이대물(虛而待物)이라고 대상을 온전히 마음에 담아 보지 않고도 그릴 수 있어야 했다. 마음을 비워 온전히 대상을 받아야 했다.

또 그림이 훌륭한데 인품이 그릇되는 일은 없었다. 성품과 그림은 하나로 받아들여졌다. 화면을 가득 채우는 것을 천박하다 보았고, 여백에는 다 그리지 못한 자연과 사연을 담았다. 필법(筆法)을 넘으면 서예(書藝)고 이를 넘으면 서도(書道)가 되었다.

반면 서양화가들은 조선과 달리 대접을 받지 못했다. 화가는 목수와 비슷한 위치에 있었고 돈을 대는 전주(錢主)의 요구에 따라 그려야 했다. 르네상스 시대 수만은 성화(聖畫)에 클라이언트의 얼굴이 등장하는 것도 바로 이런 이치다.

서양화가는 캔버스에 스케치와 밑그림을 한 후 여러 번 덧칠을 하며 그림을 완성해 갔다. 완성된 그림을 잘라 재편집하기도 했고 대상을 지워 새로 그리기도 했다. 여럿의 조수를 두었고 때로 화가는 감독자가 되었다.

조선의 문인들은 그림에 시나 글을 적었다. 화제(畫題)가 뚜렷했다. 글과 그림은 애초 하나였다. 그래서 서화(書畫)라 했다. 하지만 서양화는 지금도 〈무제〉가 허다하다.

우린 전통적으로 사람을 자연에 속한 존재 혹은 자연 그 자체라고 보았다. 하지만 서양화는 출발부터 자연을 인간의 대립물로서 극복해야 할 대상으로 보았다. 조선에서 자연을 화폭에 그대로 담을 때, 서양은 비례와 기하학을 발전시켰고 신화와 인간의 투쟁을 담았다. 집을 지어도 조선에선 산의 능선과 들의 흐름을 보며 집을 얹었다. 산과 들과 집은 구분되지 않고 하나로 받아들여졌다.

서양에선 숲을 밀어내어 녹지를 만들어 단단한 집을 구축했다. 그리고 그 집을 짓는 원리는 비례와 기하학이었고 집의 외경은 사람이 보기에 황홀한 아름다움이어야 했다. 조선 궁궐의 후원과 대영제국 왕궁 앞뜰 정원의 차이와 비슷하다.

동서양의 문화적 차이를 이해하면 한국화와 서양화의 특성과 감상 포인트를 더욱 잘 이해할 수 있다. 그러나 아는 것과 느끼는 것은 차원이 다르다. PC 화면이나 책으로 보던 거장의 그림을 온전한 크기로 접했을 때 압도당했던 그 전율은 지식보다 값진 경험이다.

얼마 전 대법원은 가수 조영남 씨의 사기 혐의에 대해 무죄를 선고했다. 검찰은 보조 작가를 시켜 상당 부분 작업했음에도 구매자에게 이를 고지하지 않은 것은 사기라고 보았다. 하지만 대법원은 작가와 저자의 경계가 어디까지인가를 판단하는 것은 법의 영역이 아니라고 보았다. 판결문에선 '사법자제(司法自制)'라는 표현이 나온다. 사법이 함부로 개입할 문제가 아니라고 본 것이다.

이를 두고 일부 원로작가들은 격분했고, 현대미술을 전공한 젊은 작가들은 판결을 예상했다는 듯한 반응을 보였다. 작곡가들은 조영남을 용납할 수 없다는, 황당한 시선으로 보았고, 조수를 두고 화방을 운영하던 만화가들은 조영남이 뭘 잘못했는지를 이해하지 못했다.

아이디어와 메시지를 예술적 언어, 즉 기호를 통해 제시하는 것을 예술가의 본질이라고 보는 현대미술의 관점과 오직 작가의 붓놀림과 물감으로 캔버스를 채우는 것이 '저작'이라고 보는 전통미술의 관점이 출동한 사건이다. 현대예술은 변기에 사인을 하거나, 작은 청동상 앞에서 나체의 남녀가 춤을 추는 것만으로도 작가의 창조물이라고 인정한다. 그림 한 점을 1천 장 인쇄해 파는 행위마저도.

이렇게 현대미술 경향은 모사를 통한 이미지에서 화가의 생각을 담은 기호와 텍스트로 이전하고 있다. 서양미술 사조의 변화를 탐구해 온 이들에겐 '조영남 재판'이 한국 화단의 풍토를 바꿀 중요한 소재였지만, 전통적인 미술관을 가진 이들에겐 조영남은 당연히 유죄여야 했다. 한국화의 관점에서 보면 조영남은 당연히 문인도 아니고 화가도 아니다. 붓끝 터럭 하나의 차이에 따라 회화의 완성도가 달라지는 것이 한국화이기 때문이다.

미술을 보는 시각 또한 이렇게 변화하고 있다. 어떤 이는 그림의 구도와 조형미를 감상하고, 또 어떤 이는 화가가 이 세상에 던진 메시지를 해석하려 작품 여럿을 모아서 공부한다. 내 경험으로 가장 좋은 공부 방법은 자신이 매료된 작가의 작품을 집중적으로 보며 점차 그 지평을 넓혀 가는 것이다. 책을 찾아 읽는 방식과도 비슷하다.

좋아하는 작가의 책을 두루 살피며 이 작가와 유사한 문풍과 주제 의식을 가진 이들을 찾아가는 과정이다. 한두 번의 기초 강좌를 듣거나 책을 읽는 것만으로도 좋은 정보를 얻을 수 있다.